Lo que la mirada oculta

Erminda Pérez Gil

© Erminda Pérez Gil, 2017

ISBN-13: 978-1546495086

ISBN-10: 1546495088

—¿Por qué otra vez relatos? —repliqué—. ¿Por qué esa obsesión por el resumen, por el cuento?

—Porque soy un haragán —y Borges lanzó una amplia sonrisa al vacío que le rodeaba—. Tengo miedo de estropear las cosas. Si escribo mucho, las echo a perder.

Entrevista de José Manuel Fajardo a Jorge Luis Borges el 8 de julio de 1982.

Advertencia

Para redactar estos relatos se han aplicado las normas ortográficas difundidas por la Real Academia Española de la lengua en 2010 a través del libro *Ortografía de la lengua española*. Entre ellas se encuentran la polémica pérdida de la tilde de los pronombres demostrativos (este, ese, aquel con sus femeninos y plurales) y la supresión de la tilde del adverbio "solo". A pesar de que se han alzado voces contrarias a estas novedades y que incluso algunos académicos y sellos editoriales se resisten a ello, no hay unanimidad actualmente en cuanto a su total aplicación o no. Así, observamos que unos (ya sean libros o prensa diaria) publican recuperando todas las tildes perdidas, otros sienten nostalgia solamente por "sólo" y algunos se someten al dictamen académico.

Ante tal caos lingüístico, que recuerda, *mutatis mutandi*, al que se vivió en nuestra lengua antes de que surgiera la primera gramática de Nebrija en 1492, hemos decidido seguir las normas de la Academia con tu anuencia, discreto lector, que sabrás perdonar a quien escribe su debilidad de espíritu.

Lo importante es ganar[1]

Soy un gran aficionado al fútbol. Creo que mi madre y yo somos los seguidores más fervorosos de la selección nacional, los que con más ánimo jaleamos al equipo y los que más aplaudimos sus goles y triunfos. No exagero, tenemos nuestros motivos.

Mi padre me inculcó el amor a este deporte desde que nací. Creo que tengo camisetas de la selección española de todas las tallas. Desde que era un bebé me sentaba ante el televisor para que fuera aprendiendo las lides del juego, y a medida que he ido creciendo no ha dejado de instruirme en técnicas y tácticas futbolísticas. Él habla durante los partidos, da instrucciones a los jugadores, insulta a los árbitros o a los que no sudan la camiseta, reclama faltas, fueras de juego o tarjetas del equipo contrario, grita y piafa cuando recibimos un gol en contra, y si pierde la Roja, entonces se monta la de Dios.

No dejo de aprender de su experiencia. Me habla del gol de Marcelino con el que España ganó su primera Eurocopa, del de Sarra en Maracaná, del de Cardeñosa que nunca fue, del gol fantasma de Míchel a Brasil o del que le encajó Platini a Arconada, del inolvidable 12 a 1 contra Malta, de los cinco goles de Butragueño en México... Mi padre repite continuamente que siempre nos eliminaban cuando jugábamos los mejores partidos. Habla en plural, porque él dice que el espectador es el jugador número 12 en el campo.

Mi madre adora a don Luis Aragonés y al señor del Bosque. Los llama así, con respeto. Dice que son unos caballeros a los que les debe mucho. Por algo han sido los que han llevado a la Selección a alcanzar sus mayores triunfos y a que en casa reine la paz.

Tras la victoria en Viena todo empezó a funcionar mejor. ¡Mi padre estaba tan feliz que nos invitó a comer fuera! Al ganar el mundial de Sudáfrica nos llevó de fin de semana a la playa. Yo nunca había visto el mar

---

[1] Relato ganador del concurso Historias de fútbol convocado por Zenda libros e Iberdrola el 17 de junio de 2016. http://www.zendalibros.com/relatos-ganadores-del-concurso-historias-futbol/

y fue una experiencia que nunca podré olvidar. La del gol de Iniesta, tampoco, claro. Con la Eurocopa de Polonia conseguí una bicicleta chula. Eso sí, el mundo volvió a ser el mismo tras la debacle de Brasil. Mi padre estaba tan enfadado por la falta de ganas de los jugadores que su furia creció como ya no recordábamos. Quería que echaran al entrenador y a todos esos gandules, que él ya lo veía venir desde la Copa Confederaciones. Y zas, pum, plaf, cataplum.

Acaba de empezar la Eurocopa de Francia y de momento las cosas van bien. Mi padre está entusiasmado porque España venció a Checoslovaquia en el primer partido. Pero no deja de repetir que no nos podemos fiar, que hay que cambiar algunos jugadores y dejar en el banquillo a los que no están en forma.

Por eso, señor del Bosque, le envío esta carta. Me gustaría que revisara la alineación que propone mi padre y que le he copiado en la hoja de atrás. Mi madre reza por usted y por los jugadores y les pide encarecidamente que hagan lo posible por seguir ganando, aunque sea por la mínima. Porque un triunfo es un triunfo. Así mi padre se pondrá contento y nosotros no tendremos que escuchar sus gritos ni soportar los golpes que descarga contra nosotros para desahogarse. Usted no conoce a mi padre, es un hombre con los puños muy duros. Mi madre y yo les estaríamos muy agradecidos.

Se despide atentamente,

Su seguidor más fiel.

La noche más larga

La oscuridad lo absorbía todo. La luna había sido amordazada por espesas nubes que sumían el bosque en siniestras tinieblas inescrutables. A su alrededor, sus dilatadas pupilas solo podían distinguir extrañas siluetas deformadas por el intenso pánico que lo atenazaba. Cada ruido, cada sonido que penetraba en sus oídos lo estremecía, pues era presagio de inmediata desgracia. Con el ulular del viento entre las ramas percibía amenazadores monstruos que ansiaban capturarlo y desgarrarlo en mil diminutos pedazos. Una lechuza enorme batió sus alas en las proximidades y le arrancó un ligero gemido que a punto estuvo de delatar su frágil situación. Husmeó el aire y se colaron en sus fosas nasales aromas conocidos a tierra húmeda y plantas, y otros que nunca había percibido. Por encima de todos ellos dominaba el acre olor del miedo.

Pequeño, solo, asustado y helado se hallaba en ese diminuto escondrijo en el que había logrado refugiarse después de un extenuante vagar sin rumbo por entre la espesura desconocida. Se había perdido. Era un hecho que pudo constatar cuando, tras la caída del sol, no supo retomar sus pasos. Había intentado reorientarse, pero no había estado atento a lo que lo rodeaba mientras avanzaba, por lo que cada vez se extravió más.

De vez en cuando escuchaba amenazadores aullidos lejanos y gritos de voces extrañas que era incapaz de distinguir. Se acurrucaba más sobre sí mismo con la esperanza de volverse invisible a los terribles seres nocturnos que devoraban a los pequeños incautos que, como él, cometían la torpeza de perderse. Intentaba llenar su mente con agradables recuerdos que lo distrajeran y le proporcionaran el calor que necesitaba, pero estos eran desplazados por sus mayores temores.

A una hora indeterminada de la eterna noche sus exhaustos párpados se cerraron para cernirlo en la misma negrura en la que permanecía despierto. El mundo desapareció para él.

Las adormiladas luces del nuevo amanecer surgieron lentamente desde el este. Aún sumido en el sopor del sueño, sintió que algo húmedo le rozaba la cara. Abrió sus enormes ojos con espanto y descubrió que ante sí se hallaba su salvación. Su madre, una peluda perra pastora, había logrado rescatarlo de la soledad y devolverlo a la vida.

Ser o no ser

Cuando me trajeron aquí, aunque nadie me lo dijo, yo sabía que iba a ser para siempre. Me consolé pensando que vendrían a verme con frecuencia, dada la tristeza con la que se despidieron ese primer día. De hecho, al principio las visitas se sucedían a diario, me traían regalos y me hablaban durante horas. Algunos incluso lloraban ante mí por la situación en que me hallaba, y eso me hacía sentir muy mal, pues yo no estaba en este lugar por voluntad propia.

Sin embargo, con el paso del tiempo sus apariciones se fueron espaciando hasta casi desaparecer. Ya no acudían con la asiduidad inicial, ni permanecían tanto tiempo conmigo, ni tenían tantos detalles. Hubo quien solo venía en fechas señaladas y con aspecto de sentirse forzado por las circunstancias. Llegué a escuchar justificaciones que me resultaron dolorosas: no les gustaba estar aquí, el olor que despedía el recinto les parecía desagradable, el entorno era muy frío… ¡Como si yo estuviese feliz de hallarme en este ambiente!

Luego comprendí que mi familia no era la única en olvidar paulatinamente. Con los otros pasaba lo mismo. Lo comprobé al ver que la evolución de los nuevos era similar a la mía. Había incluso casos peores, a los que nadie acompañaba después de ser dejados aquí, de los que todos se desentendían inmediatamente. Cuando tomas conciencia de esto, te sientes como un desecho social abandonado al que a nadie importas ya, y no te queda más remedio que aferrarte a los bonitos recuerdos del pasado, si es que aún eres capaz de rememorarlos.

Si a lo largo del año tenían poco tiempo para venir y aducían las disculpas más peregrinas (el trabajo, los niños, el perro…), durante el verano la situación ha empeorado. En estos meses ni siquiera se excusan, se ausentan totalmente sin avisar, como si se avergonzaran de disfrutar de la vida en vacaciones, de reír y ser felices mientras yo me pudro en este lugar sin poder salir. Luego vendrán en otoño intentando disimular y disculparse con flores, regalos y atenciones que hagan ver a los demás cuánto se preocupan por mí.

Y es que en esta horrible canícula no hay quien resista metido entre estas cuatro paredes sin nadie que te venga a consolar. El silencio lo inunda todo y solo se escucha a veces el rechinar de las cigarras y el arrullo de los cipreses. El calor es tan intenso que te seca los huesos y marchita las flores. ¡Y hay que ver qué triste se queda un cementerio sin pétalos de colores!

La buena educación[2]

Hoy debe ir por primera vez al instituto de secundaria. Está nervioso porque desea que todo salga bien. Quiere ofrecer buena imagen, que vean que es un chico con todas las capacidades adquiridas y que está preparado para la nueva fase.

Llega a la hora adecuada y espera su turno mirando al suelo hasta que lo nombran. Entra en una aséptica sala blanca con mobiliario de metal gris que ofrece una sensación inicial muy agradable. Le indican que se siente en un cómodo sillón reclinable, que pose sus manos en los brazos del asiento y su cabeza en el respaldo. Al hacerlo, una especie de esposas gruesas rodean sus muñecas y sus tobillos para asegurar su inmovilidad. Un ligero hormigueo de inquietud remueve su estómago a pesar de saber que todo esto forma parte del proceso habitual. Respira profundamente y se concentra, es su deber.

Un brazo retráctil se acerca a su cráneo. Cuando se halla a la distancia adecuada, se detiene y de su extremo surge un elemento punzante que ha de introducir un diminuto microchip en su hipocampo. Un mínimo pinchazo casi imperceptible le otorgará toda la información académica de cuatro cursos de secundaria en un solo segundo. Los contenidos quedan almacenados en los lóbulos adecuados del cerebro y el usuario podrá acceder a ellos de manera sencilla; solo con el pensamiento podrá buscar la respuesta que necesita a cualquier pregunta que se le plantee. El pequeño chip contiene tanto textos escritos como audios, mapas interactivos e imágenes reales. Da igual el idioma en que se hallen, pues el interesado recibe a la par el dominio de las tres lenguas más importantes de la actualidad: inglés, español y landino (este último es el idioma internacional de las naciones), por lo que se facilita su comprensión.

---

[2] Segundo premio del III Concurso de cuentos cortos del CEP Norte de Tenerife, 2016. Publicado en la revista *Davalia IV*, página 113.
https://issuu.com/revistadavalia/docs/davalia_4_c.compressed

Una vez que está insertado, se lleva a cabo un recorrido virtual por el almacenamiento para que el receptor se familiarice con él. Podrá escuchar, leer o visionar la información dentro de su cerebro como si se tratara de recuerdos que tuviera recopilados en sus lóbulos. Esta fase es fundamental para evitar que el cliente pueda confundir los contenidos académicos con experiencias vividas y se produzca una evasión de la realidad irreversible. La respuesta de los usuarios suele ser muy positiva, pues aceptan la educación como un juego de búsqueda y no como un proceso arduo y tedioso, tal y como estaba institucionalizado en el pasado y que provocaba el abandono y fracaso de muchos individuos potencialmente aptos.

Las autoridades educativas están orgullosas de su proyecto, ya que no solo los resultados estadísticos son un éxito (tan solo un 0,002 por ciento de los injertados sufre rechazo mortal), sino que se han reducido los costes en infraestructuras, mobiliario, material fungible y personal docente de manera espectacular. Además, la conflictividad escolar y el acoso han desaparecido, como es natural en cualquier sociedad civilizada.

Tras una hora de reposo el chico abandona el recinto. Ha recibido tal cantidad de información que sigue algo aturdido. Aun así, está satisfecho, de esta manera se ha evitado cuatro largos años de madrugones para soportar seis soporíferas horas diarias de clases. Al menos eso le han explicado, porque él realmente no sabe nada al respecto, pues nunca ha ido a la escuela ni ha visto ninguna.

Sin embargo, en su lóbulo temporal se oculta un viejo y borroso recuerdo: una mujer mayor, cuyo rostro le es ligeramente familiar, le relata lo divertidos que eran los recreos del colegio y cómo jugaba con sus amigos. Esas palabras le suenan extrañas. ¿Qué es un amigo? Él siempre está solo, como es lo habitual en los seres humanos. Decide buscar ese término en el nuevo chip, pero lamentablemente no aparece. La palabra ha caído en desuso y ha sido eliminada del diccionario.

Extremos

Juego de extremo izquierdo. Muevo muy bien el balón por ese lado del campo, abro la defensa contraria y facilito el gol. Al menos eso dice mi entrenador, que siempre me está animando para que no deje el equipo. Él es el primero que mostró interés por mi habilidad con la zurda, porque otras personas solo veían dificultades en que me manejara con el lado izquierdo del cuerpo. El míster es alguien que sabe ver la parte buena de cada uno, seas como seas, como a Poli, que es gordito y corre poco, pero lo ha convertido en un buen portero y ya no se siente acomplejado.

Solemos jugar partidos cada semana con equipos de otros pueblos. Ya en el mío están acostumbrados a vernos, pero cuando nos toca ir de visitantes y saltamos al campo, la gente se sorprende, se ríe, silba o protesta al árbitro. Algunos incluso quieren que se suspenda el choque y que le den la victoria al equipo local sin haber jugado, y, si no les hacen caso, llueven los insultos y las palabras malsonantes sobre el césped. Mientras, sobre mí caen múltiples empujones, patadas y zancadillas de los contrarios, además de guarradas que es mejor no repetir. Hay malas lenguas que murmuran que solo me permiten jugar porque no hay otro zurdo que ocupe ese puesto, ¡qué sabrán ellos!

Al principio, cuando pasaban estas cosas sentía una vergüenza enorme, quería esconderme en el vestuario y llorar a moco tendido. Pero como sé que mis compañeros me apoyan y mi entrenador y mi familia también, hago lo que me dijo mi madre: "Oídos sordos a la ignorancia". Corro por mi banda, regateo a los contrarios y disfruto del partido ganemos o no.

Antes de jugar al fútbol practiqué natación y taekwondo, incluso alcancé el cinturón verde en esta disciplina, pero lo dejé por el balón. Me enamoré de este deporte y me encantaría seguir en mi club, pero mi entrenador dice que no va a ser posible. Según me explicó, la federación solo permite que existan equipos mixtos hasta los doce años; a partir de esa edad, las chicas debemos abandonar a nuestros compañeros y buscar un equipo femenino si queremos seguir compitiendo. El problema es que en la zona en la que vivo no hay ninguno y voy a tener que renunciar a lo que más me gusta.

Lo que me pregunto es qué diferencia hay entre un lateral izquierdo chico y yo, porque ambos controlamos la pelota con la pierna zurda. Si hombres y mujeres somos iguales, si todos somos personas, vistamos la camiseta del color que sea, como publicita la FIFA, ¿por qué no podemos jugar juntos?

Desde el más allá

El sol había declinado ya por el oeste y las primeras estrellas se asomaban tímidas entre jirones de nubes oscuras. La noche despertaba de su letargo diurno y se desperezaba dejando caer su manto siniestro sobre la tierra. A lo lejos se escuchaba el aullido constante de algún perro nostálgico que requebraba a la Luna. Las calles se habían quedado desiertas con el último destello de luz y los postigos de las casas habían sido bien asegurados. Cualquiera que estimara en algo su vida se guardaba bien de merodear en una noche como esa, en la que las ánimas vagaban libres por el mundo de los vivos reclamando el espacio que les había sido arrebatado. En el pasado, solo algún incauto se había atrevido a burlarse del miedo y había perecido en las redes de la locura.

Un silencio sepulcral se cernía sobre el cementerio que dormía junto a la antigua iglesia de piedra. Hasta los tejos centenarios contenían la respiración para no mover sus ramas y delatar su presencia. Si a esa hora alguien hubiera estado allí, quizá hubiese percibido el rozar de una losa al deslizarse y el andar pausado de unos pasos ligeros amortiguados por el césped húmedo. Tal vez, incluso, hubiese divisado el brillo de dos ojos furtivos tras una desgastada lápida mirando curiosos hacia el infinito, y que, al hallar el camino expedito, decidieron abandonar su improvisado escondite. Sin embargo, justo cuando la punta de un animoso pie se adelantaba, una estridente risa inesperada heló todos sus huesos. ¿Quién osaba romper el mutismo de la noche?

Temeroso, se volvió a esconder al escuchar varios gritos desesperados y nuevas risas en torno al camposanto. Entre la espesa niebla que lo circundaba, vio aproximarse extraños seres que jamás antes había vislumbrado por aquellos lares. Surgieron de la nada muertos vivientes con la ropa despedazada, brujas de altos sombreros, esqueletos rellenos de carne, fantasmas tapados por inmaculadas sábanas, catrinas mejicanas desubicadas, asesinos en serie con cuchillos de plástico y vampiros de buen color que en lugar de sangre chupaban de una botella. En sus manos portaban luminosas calabazas con enormes ojos y amplias bocas que parecían burlarse de quienes las miraban.

¿Qué demonios era eso?, blasfemaba para sí el escondido. Ya se había acostumbrado a que de vez en cuando surgiera algún don Juan buscando la estatua de su fallecida doña Inés, pero esta irrupción de insólitos entes lo tenía pasmado. Abrumado por el número de invasores, decidió aguardar en el mismo sitio para observar qué sucedía. Así, pudo contemplar cómo estos intrusos tomaron el cementerio, lo recorrieron haciendo estragos en él entre chillidos y risas con los que dejar constancia de que se habían adueñado de la noche. Cuando se cansaron de demostrar a gritos su valentía, marcharon hacia las casas para asustar a los vecinos, quienes, divertidos, les daban regalos y los invitaban a pasar.

Decepcionado, el muerto salió de detrás de la lápida y decidió regresar a su tumba. El mundo había cambiado demasiado. Ya nada tenía sentido si ni siquiera en su pueblo se respetaban las viejas tradiciones.

Lo que la mirada oculta

A Lilia, mi hermana querida

Durante mi infancia, mi madre solía ir con frecuencia a la capital a resolver determinadas gestiones administrativas, acudir a consultas médicas o a visitar a una tía suya mayor que vivía allí con su marido desde que, siendo muy joven, decidió marchar a la ciudad a trabajar al servicio de las familias adineradas. Todas estas razones para desplazarnos cincuenta kilómetros eran insuficientes para mí, pues tanto en las oficinas como en las salas de espera me aburría soberanamente, ya que debía permanecer quieta y en silencio durante un tiempo que a los ocho años se hace eterno. La situación no mejoraba en la casa de la tía de mi madre, ya que esa anciana mal encarada era, para mí, la peor de las brujas que podía imaginar, porque me obligaba a comerme todo lo que me ponía en el plato, recordándome una y otra vez las penurias que ellos habían sufrido durante la guerra y los años siguientes, y lo agradecida que debía estar de poder alimentarme a diario. En realidad, he de decir que la tía de mi madre era buena y generosa y que yo le tenía ojeriza porque era una niña bastante melindrosa con la comida, picoteaba como un pajarito hasta vencer por agotamiento a mis mayores, quienes me retiraban el plato hartos de mis caprichos.

Pese a estos impedimentos, adoraba acompañar a mi madre. Me ponía tan nerviosa durante el viaje de más de una hora en coche, que preguntaba constantemente cuánto faltaba para llegar y molestaba a mi hermana mayor dándole codazos o patadas, lo que sacaba de quicio a mamá. Y es que, a pesar de tener que sufrir ese largo e incómodo trayecto por carretera, hacer colas en salas de espera o comer en la casa de tía Carmela, mi paciencia se veía recompensada, pues, al terminar todos los deberes que nos conducían hasta allí, mi madre nos premiaba con una visita al parque que estaba en el centro de la ciudad.

Me encantaba aquel lugar. Era enorme, al menos a mis ojos infantiles así se lo parecía. Estaba poblado de incontables árboles y plantas de distinto origen separados por anchos senderos de asfalto por los que se podía pasear y que concluían todos ellos en el centro del parque, donde se hallaba una gran fuente cuyo chorro de agua parecía querer alcanzar el cielo. Había numerosos bancos para descansar a la sombra del follaje, en los que se podía descubrir a algunas parejas compartiendo su amor al margen de las miradas indiscretas.

En la parte baja del parque habían instalado un hermoso reloj decorado con flores multicolores, junto al que se hallaba una cafetería con mesitas escondidas bajo sombrillas donde los adultos se sentaban a tomar algo mientras nosotros, los pequeños, disfrutábamos del mejor espacio del recinto: los columpios. Eran de los antiguos, de duro hierro y pintados de colores, y estaban instalados sobre un suelo de arena y guijarros al que muchas veces acababan besando nuestras rodillas. Había toboganes de distintas alturas, columpios colgados de cadenas de eslabones, muelles con distintas figuras, balancines... Era mi lugar favorito de la ciudad, allí podía permanecer durante horas sin cansarme, aunque no siempre era fácil encontrar un aparato disponible, ya que eran muchos los niños que acudían a jugar. Sin embargo, eso no era impedimento para pasarlo bien; cuando estaban ocupados, nos entreteníamos con otros juegos: a la pillada, al escondite, a perseguir palomas... Mi hermana, que era muy sociable, solía iniciar con facilidad conversaciones y juegos con otras niñas, mientras yo, nublada por una excesiva timidez, me quedaba observando desplazada hasta que ella me rescataba. A veces, si nos habíamos portado bien y no la habíamos agotado demasiado, mi madre nos compraba algún helado en el quiosco. Eran los mejores momentos de mi infancia.

Una tarde, tras haber ido durante la mañana de un sitio para otro y haber almorzado en la casa de mi tía, mi madre claudicó ante nuestras insistentes súplicas y nos llevó al parque. Mientras nosotras jugábamos, ella iría a visitar a un familiar que permanecía ingresado en la clínica que se erigía justo enfrente. Corrimos raudas a los columpios para apropiarnos del que más nos gustaba y provocar así la envidia en los niños que llegaran tras nosotras. Nos columpiamos con la fuerza que otorga el afán por tocar las ramas de los árboles con la punta de los zapatos, nos deslizamos una y otra vez por los toboganes grandes (el pequeño era para los críos, claro...), desequilibramos nuestros pesos en el balancín y retorcimos todo lo posible los muelles.

Cuando nos cansamos de todo esto, mi hermana propuso jugar al escondite por la zona arbolada. A mí me daba un poco de miedo poderme encontrar con alguno de mis terrores de la niñez, pero como no quería que ella pensara que yo era una cobardica, la secundé en su propuesta. Nos cambiábamos los papeles de buscador y buscado y en cada turno intentábamos perfeccionar más nuestro escondite para alargar la exploración.

El sol ya iba declinando por occidente cuando me tocó ocultarme a mí. Cada vez quedaban menos escondrijos que resultaran novedosos, así que me coloqué en una pequeña oquedad del tronco de un árbol a la que me permitían acceder mi delgadez y mi reducido tamaño. Agudicé mis sentidos en un intento de percibir hasta el más leve sonido que surgiera en torno a mí, conteniendo incluso la respiración para lograr concentrarme mejor. Solo escuchaba el piar de los pájaros, el balanceo de las ramas y un golpeteo continuo, el de mi corazón desbocado por el nerviosismo de ser descubierta.

De repente, a mis oídos llegó un crujido sordo. El pánico se apoderó de mí y de un saltó me colé en la calzada con la intención de correr hacia otro lugar donde ocultarme. Un frenazo y un chirriar de gomas en la grava del camino me hizo girar la cabeza y caer al suelo para esquivar el vehículo que venía irremediablemente hacia mí. Jadeé asustada incapaz de levantar la cabeza por temor a lo que podría encontrar ante mi vista.

Me escocía la rodilla que, con toda seguridad, me había magullado al caer. Un ligero gemido salió de mi boca al mirar la herida sangrante. Levanté la cabeza y vi al causante de mi desgracia: un niño moreno se incorporaba y recogía del suelo su bicicleta. También tenía rozaduras como las mías en una pierna y un brazo, pero él no se quejaba. Era algo mayor que yo, regordete, serio, y poseía unos ojos marrones oscuros que observaban fijamente desde abajo, de una manera extraña, como si temiera mirar. Me clavó sus raros ojos como si quisiera atravesarme con ellos, y sin decir ni una sola palabra extendió un brazo hacia mí ofreciéndome ayuda para levantarme. La acepté. Mi mano se posó en la suya y de un fuerte tirón me elevó del suelo como si yo fuese una pluma. Le iba a dar las gracias cuando escuchamos una cercana voz femenina clamando un nombre. El niño pareció reconocer la llamada, se limpió las rodillas, montó en su bici y se alejó de allí sin despedirse ni mirar atrás.

En ese instante apareció mi hermana y al verme la rodilla de aquella manera decidió dar por concluido el juego y auxiliarme de inmediato. Nos dirigimos hacia el lugar donde habíamos acordado encontrarnos con mi madre mientras ella me cuestionaba qué me había sucedido. Yo le intenté explicar lo del pequeño ciclista, pero me respondió que me dejara de historias, que ella no había visto pasar ninguna bici por allí, a pesar de tenerme vigilada, y me advirtió que no me quejara mucho o nuestra madre se enfadaría y no nos llevaría de nuevo al parque.

Al ver a mamá enjugué el enorme lagrimón que pugnaba por salir de mi ojo derecho y simulé no sentir dolor, aunque la verdad es que me escocía. Mi madre puso mala cara y nos regañó por descuidadas; no se nos podía dejar solas, argumentó. A mí me preguntó qué me había sucedido y antes de que yo pudiera explicarme, mi hermana entre risas comentó que se me había cruzado un fantasma. Yo fruncí el ceño e intenté replicar, pero me detuvo un guiño pícaro de mi hermana. Mejor dejarlo así, era su mensaje oculto.

Mi madre se enfadó un poco con nosotras, pero como logré no llorar y no me quejé cuando me curaron la rodilla, gracias a que mi hermana me apretaba la mano, logramos que no nos prohibiera volver al parque.

A partir de ese día procuré siempre acompañar a mamá en sus desplazamientos a la ciudad para poder ir al parque del reloj de flores y de la fuente de chorros hacia el cielo. Y cuando la zona infantil se me quedó pequeña, seguí yendo a pasear por él, a caminar por sus senderos y a ver cómo la vegetación y el propio jardín iban cambiando. Sin embargo, nunca volví a cruzarme ni con la bici ni con el chiquillo de mirada extraña, hasta que hoy, tantos años después, he creído volver a descubrir esos ojos marrones oscuros agazapados tras la mirada de un hombre inseguro.

Nunca digas nunca

Desconozco cuándo empezó todo y por qué; solo sé que un día iba andando por la calle y sentí una figura detrás de mí. No tuve que girar la cabeza para comprobar que me seguía, simplemente notaba que una presencia extraña se había adueñado de mi sombra y que no iba a ser fácil deshacerse de ella.

En realidad, intuía de quién se trataba. Desde hacía cierto tiempo algunas personas de mi entorno me habían animado a conocerlo, a acercarme a él y dejarme llevar por sus palabras. Alegaban que era interesante y profundo, pero a mí solo me parecía clásico y aburrido; un verdadero tostón que no estaba dispuesta a soportar por nada del mundo. Incluso una vez tropecé con él en la biblioteca y me escabullí con disimulo haciéndome la distraída hojeando otro libro para no tener que enfrentarlo.

Quizá piensen que soy una paranoica que se asusta por cualquier cosa. En mi defensa he de alegar que en ese primer momento no temblé ni intenté huir, a pesar de lo curioso del asunto. Me hice la fuerte con la débil esperanza de que se cansara de ir tras mis pasos. Pero no fue así, resultó ser más persistente de lo que había pensado porque él me había elegido a mí.

A partir de ese instante no hubo día en que no me acompañara allá donde fuera, como si se hubiese cosido a las plantas de mis pies. Incluso entraba en casa conmigo y me seguía hasta el aseo —algo comprometedor, desde luego, por lo que le daba con la puerta en las narices— y me observaba dormir desde el umbral de mi habitación.

Con el tiempo lo fui conociendo mejor, le tomé confianza y le hice algunas concesiones. Ya no tenía que seguirme a distancia, íbamos el uno junto al otro; le permití que accediera al baño, siempre y cuando no traspasara la cortina de la ducha, e incluso consentí que se tumbara sobre mi alfombra, al lado de la cama. Esta última acción marcó un antes y un después en nuestra relación.

Una noche en que la curiosidad y el insomnio habían desplazado al sueño, alargué mi mano lentamente hacia el suelo y lo toqué por primera vez. Su tacto resultó tan suave y agradable a las yemas de mis dedos, que estas se animaron a profundizar en el toqueteo y meter mano descaradamente en su interior. Y no opuso resistencia alguna; muy al contrario, se dejó hacer y se abrió a mí para mostrarme todas las maravillas que poseía y que hasta entonces había guardado pacientemente en su interior. ¡Qué éxtasis tan hermoso! Entendí entonces los arrebatos místicos de Santa Teresa y de los poetas sufíes. Aquello era la gloria.

Tras ese primer momento de intimidad, nuestras vidas han cambiado. Ahora soy yo quien no se separa de él, lo llevo conmigo a todas partes y no paro de sobarlo y manosearlo. Tiene tanto que contarme que buscamos cualquier instante para alejarnos del mundo y estar solos. Y por las noches, compartimos cama hasta que el cansancio nos vence.

A medida que nuestra relación avanza, me inunda el miedo de que todo termine. No quiero que acabe lo que siento con él porque cada vez es más intenso y apasionado. ¡Qué le voy a hacer si me he enamorado profundamente! Estoy tan enganchada, que creo que, cuando llegue al final del libro, volveré a la primera página para empezar de nuevo a vivir las aventuras de *Don Quijote de la Mancha*.

Deshojando margaritas

Desde niña, siempre fue una romántica que deshojaba margaritas. La educaron con los cuentos de muchachas inocentes salvadas por valerosos príncipes azules. La enseñaron a dibujar corazones perfectos en los que encerrar iniciales apasionadas. La adiestraron para que fuera sensible, tierna y delicada como un lirio. La instruyeron para que fuese la perfecta casada: maternal y abnegada con sus hijos, amante y fiel esposa de un marido al que debía obedecer y nunca cuestionar. La ilustraron en las artes del ama de casa: sabía coser, sabía bordar y sabía, ante todo, callar. La aleccionaron para ser dócil, sumisa y guardar las apariencias; lo que ocurría dentro del hogar era secreto y debía quedar rebotando como un eco entre sus paredes. La prepararon para demostrar la fragilidad de la condición femenina. La amaestraron así para tener una vida plena de mujer feliz.

Hoy ha cogido de nuevo una margarita y ha ido arrancando uno a uno sus delicados pétalos buscando respuesta a la eterna pregunta. "Me quiere… controlar para que haga siempre lo que él desea. No me quiere… dejar hablar para dar mi opinión. Me quiere… manipular y hacerme creer que soy la culpable de todo lo que pasa. No me quiere… permitir salir sola de casa, pues sospecha que algo busco por ahí. Me quiere… dominar como a un animal enjaulado. No me quiere… ver sonreír porque así me burlo de sus problemas. Me quiere… golpear cada vez que regresa a casa enfadado o algo le ha salido mal. No me quiere… consentir que me separe de él. Me quiere… matar si lo denuncio o lo acuso de malos tratos. No me quiere…"

El último pétalo solitario evidencia una realidad que le cuesta aceptar porque ha sido criada para aguantar y sufrir. Ha soportado demasiados años de humillaciones y golpes por amor, por sus hijos, por no herir a sus padres, por miedo al futuro, por no tener a dónde ir, por el qué dirán, por falta de iniciativa, por tener las alas rotas y el alma acongojada. Siempre ha pensado en los demás antes que en ella misma. Al fin y al cabo, siente que vale tan poco…

Se quita la bolsa de hielo que intenta contener los efectos del último puñetazo que impactó en su cara. Ya no llora, las lágrimas se agotaron hace tiempo. Respira profundamente y piensa que a lo mejor ya está bien de aguantar, de ser lo que los demás quieren que sea, de seguir los dictados de una educación arcaica que la martiriza, y que quizá haya llegado la hora de romper los límites y saltar al vacío a ver qué pasa.

Las manos le tiemblan. Coge el teléfono despacio y marca solo tres números que abren el camino a su libertad: 0 1 6.

La gran duda

De pequeño no había sentido interés por esos temas. Su familia era bastante progresista y liberal y nunca habían tenido ninguna fe ciega en nada que no fuese la libertad de expresión. Sin embargo, al crecer sufrió la consabida crisis de identidad que viene aparejada con la adolescencia, y sus padres se convirtieron en sus enemigos, seres que distaban mucho de entender sus problemas emocionales y que cuando le preguntaban algo perseguían simplemente acosarlo y humillarlo por sus granos, su timidez o su falta de inteligencia. No lo entendían y no lo dejaban vivir y prefería alejarse o aislarse de ellos y de todo lo que implicaba su mundo. Tampoco le interesaban ya los compañeros de juegos que había tenido durante la infancia, eran todos tan estúpidos y aburridos como él no quería ser, y ya no se reía con sus chistes tontos y sus comentarios de críos. Tampoco las chicas de su edad le interesaban, básicamente porque él sentía que ellas lo rechazaban y se reían de él porque no iba al gimnasio y tenía esa cara de pez y esa tez permanentemente tostada, no como los otros chicos, que parecían fotofóbicos.

Fue entonces cuando conoció a sus verdaderos amigos, un grupo de gente con el que empezó a sentirse cómodo, con quienes se identificaba y que parecían entender todos sus problemas sin preocuparse por sus defectos. Los conoció a través de la Red, casi por casualidad. Los encontró una tarde que se movía por las diversas redes sociales en las que tenía un patético perfil abierto en el que a nadie parecían gustar sus comentarios o fotos. En realidad, daba la impresión de que ellos lo habían encontrado a él, pues lo habían rescatado de la deriva en la que se hallaba y lo habían sacado a flote.

Empezó de la manera más inocente, a través del ordenador, con pequeños comentarios a sus entradas que le hacían sentirse importante. A continuación, comenzaron a compartir vídeos y noticias hasta que por fin lo incluyeron en grupos de acceso restringido donde poder mantener conversaciones privadas e intercambiar información o ideas personales sin que ojos extraños pudieran juzgarlos. En esas charlas le recordaban lo importante que él era y que su vida tenía sentido, pues le auguraban un futuro prometedor si sabía seguir los pasos adecuados. Esta gente sí sabía cómo hacerlo sentirse bien, era miembro de un grupo, de algo grande. Se sentía importante y poderoso.

Poco tiempo después quedó por primera vez en persona con sus nuevos amigos; de los anteriores se había distanciado desde hacía tiempo y no quería saber nada de ellos. En un primer momento se sintió cohibido, pues relacionarse a través de una pantalla era más sencillo para un joven como él que hacerlo cara a cara, pero el grupo de nuevo supo comprender su estado y acogerlo como solo ellos sabían hacer. Pasaron una buena tarde juntos debatiendo sobre diversos temas importantes, como los problemas sociales, el paro, el despilfarro y las desigualdades capitalistas, la pérdida de valores de una sociedad cada vez más consumista abocada al caos, la ruptura con las tradiciones, la falta de fe… Al escuchar a sus amigos pensaba en su familia y en sus conocidos y cada vez le daba más asco el vínculo que los unía a ellos, se avergonzaba de haber crecido en un ambiente tan depravado y agradecía haber podido reorientar sus pasos antes de convertirse del todo en uno de ellos. Antes de marcharse, sus nuevos amigos le regalaron un libro con una bonita encuadernación que contenía todo aquello que debía saber para afrontar la vida como un verdadero hombre. Ante este detalle se sintió lleno de gozo y prometió leerlo y memorizarlo.

Las reuniones con su grupo se fueron sucediendo cada vez con más frecuencia. Su contacto se había convertido en una necesidad vital para él, nada en su vida le resultaba tan inspirador como escuchar las palabras del líder. Cada día permanecía más tiempo con ellos y menos con su familia y su antiguo entorno. En cuanto le fue posible por su edad, abandonó sus estudios con el consiguiente disgusto y enfrentamiento con sus padres, quienes no entendían los principios que guiaban sus decisiones, y es que en las universidades de su entorno solo corrompían más a los jóvenes con ideas que pudrían la moral del ser humano, como bien le habían explicado en sus continuas charlas.

Desde hacía cierto tiempo notaba que sus compañeros de grupo lo observaban en demasía y murmuraban sobre él. Estaba preocupado, pensó que quizá creían que él no seguía la doctrina tal y como se la habían inculcado, y no deseaba decepcionar a quienes tanto habían hecho por él. Pasó sin dormir varias noches hasta que por fin el misterio le fue desvelado: sus buenas actitudes y predisposición lo hacían merecedor de un gran premio. Había sido escogido para viajar a otro país a formarse de manera más directa en los principios de su fe y del movimiento que lo había salvado. Su alegría fue máxima, era un elegido, era todo un privilegio para él. Su familia no entendió sus razones, pero tampoco le importó, ellos vivían en la oscuridad, no podían comprender la importancia de su destino, solo se quejaban de que no hacía nada, no trabajaba ni estudiaba y encima le echaban en cara que se le había agriado el carácter, ¡cómo no hacerlo ante la repugnancia de convivir bajo el mismo techo que esa caterva de ignorantes!

El tiempo de estancia en esas tierras lejanas y desconocidas fue el mejor de su vida. Aprendió mucho sobre el valor de la vida y sobre el deber. Entendió que solo unos pocos podían ser los elegidos para cambiar el rumbo del mundo y que esos serían los recordados en el futuro; el resto eran humo, un grano en un extenso desierto, una gota en un inmenso océano, polvo de estrella en el infinito universo.

Cumplió con su periodo de formación y volvió a su ciudad a reencontrarse con su amado grupo. Allí lo recibieron con alegría, pues ya habían sido informados de los óptimos resultados que había generado su estadía con los principales caudillos, y lo admiraron por lo evolucionado que había regresado. Su familia no pensó lo mismo, su actitud hosca y taciturna les preocupaba.

Una tarde su líder solicitó su presencia para mantener una conversación privada. Era sabedor de sus grandes progresos y de su inteligencia y lucidez; por ello, le anunciaba que se le consideraba la persona idónea para cumplir un fin para el que no todos estaban preparados. Debía sentirse halagado, y realmente lo estaba, tal y como reflejaba su cara de orgullo, al haber sido designado por las más altas instancias como el elegido para tan importante acontecimiento. Su guía se sentía orgulloso de que él, el escogido, el privilegiado, perteneciese a esa pequeña unidad tan distante. Su espíritu se inflamó del todo cuando su mentor le confesó que si en él existiese la posibilidad de caer en el pecado de la envidia, la sentiría hacia él en ese momento por ser el que haría grande a su grupo y a su dios ante el mundo. Debía ir en paz y agradecer al altísimo su designio, el ser uno entre millones.

Siguió con su vida habitual hasta que unos días después fue convocado de nuevo para recibir las instrucciones necesarias. Al serle comunicadas, henchido de satisfacción sintió que por fin nadie dudaría de su valía, que sería recordado para siempre, que la paz de su alma estaría a salvo por toda la eternidad y que su nombre figuraría en la reducida nómina de mártires de la fe.

El día fijado salió de casa sin tan siquiera despedirse de la que, por desgracia, le había tocado como familia, y marchó a la sede de sus hermanos. Una vez allí, realizó sus oraciones en agradecimiento por la oportunidad que se le brindaba de alcanzar prematuramente el paraíso y se vistió y pertrechó con todo lo necesario antes de salir a encontrarse con su destino.

Se dirigió con paso tranquilo al lugar señalado para no despertar sospechas, tal y como lo habían adiestrado. Consideraba que su elección había sido la adecuada y creía que estaba cumpliendo con su misión a la perfección. Se detuvo en medio de aquella plaza atestada de personas infieles, perdidas, insignificantes, parias que vagaban por el mundo sin conocer su verdadero destino; no como él, que sabía cuál era su meta y la iba a cumplir de inmediato. Miró a su alrededor antes de cerrar los ojos y dedicar unas palabras en homenaje a su dios justo antes de activar la carga de explosivos que se ocultaba bajo su ancha parca de invierno. Pero en el instante antes de que esta detonara, surgió en su mente una profunda y angustiosa duda que lo hizo estremecerse hasta la última célula de su cuerpo. Abrió los ojos al pensar: "¿Y si no existiese Dios?".

B&B

Transitaba muy tranquilo por aquella estrecha carretera rodeada de verde y frondosa vegetación que lo inundaba todo. De vez en cuando, a través del follaje descubría un pequeño lago o una leve cascada que se lanzaba en picado por la ladera. Entonces se detenía para inmortalizar ese instante con su cámara. Había sido una acertada decisión haber abandonado la vía principal para desviarse por esta, que serpenteaba por las ondulantes montañas y que ni siquiera aparecía en su mapa ni detectaba el navegador. Era una verdadera pena que esa ruta no existiese para la mayoría de viajeros; se perdían unos paisajes inolvidables. Se sentía un privilegiado por estar allí para disfrutarlo.

Había decidido viajar en solitario pese a los comentarios negativos que le habían hecho todos sus conocidos al respecto. Era una aventura, una experiencia personal para, había explicado, encontrarse a sí mismo. Además, había optado por desplazarse en bicicleta, y entre sus allegados no había nadie a quien le apeteciera conocer un país extranjero de una manera tan insegura. Tampoco reservó hoteles con antelación, prefería dejarse llevar por el día a día y dormir allí donde surgiera la ocasión, improvisando. Así es que llenó su mochila, hinchó las ruedas de su bici y se marchó con una sonrisa dibujada en los labios.

Mientras avanzaba suavemente con cada pedalada, el cielo se fue cubriendo y las nubes empezaron a derramar inofensivas gotas. Se detuvo para ponerse el impermeable cuando el lagrimeo del cielo creció en intensidad. Sin embargo, este fue aumentando considerablemente a medida que progresaba, y en medio de aquel camino no hallaba donde resguardarse. La lluvia lo golpeaba con fuerza, se colaba por las rendijas de su casco y cegaba sus gafas fotocromáticas. Debía buscar cobijo cuanto antes, pues la calzada acumulaba tanta agua que la circulación se volvía peligrosa en tales condiciones.

A lo lejos divisó una tenue luz amarilla que titilaba entre la lluvia. Se acercó lo más rápido que le permitían las circunstancias, y vio una pequeña casa rodeada por un bonito jardín en donde se distinguía un vistoso cartel de

Bed and Breakfast. Era su salvación, había encontrado una vivienda que ofrecía habitación y desayuno a los viajeros por un precio razonable. Se adentró por el breve sendero de grava que conducía a la puerta y sus ilusiones se vinieron abajo cuando atisbó en la ventana un pequeño letrero que anunciaba ocupación completa. Aun así, se animó a llamar a la puerta; quizá le pudiesen indicar dónde podía encontrar otro alojamiento, o al menos con suerte le permitirían aguardar dentro hasta que escampara.

Presionó el timbre con cierto apremio, mas no obtuvo respuesta. Cuando se disponía a apretarlo por segunda vez, la puerta se abrió. Una anciana diminuta lo miró con ojos compasivos, le indicó que dejara la bici en el porche y lo animó a entrar. El joven se deshizo en disculpas puesto que su ropa estaba empapando el impoluto suelo, pero la señora le restó importancia y le acercó un par de toallas y unas pantuflas para que se descalzara. Cuando se hubo secado lo mejor que pudo, la viejecita lo condujo a la cocina para que tomara un té bien caliente.

—Muchísimas gracias, señora —dijo el muchacho agradecido. —No quiero molestar demasiado. Pensé que podría pernoctar aquí, pero al acercarme he leído que tiene todas las habitaciones ocupadas. Seguiré mi camino en cuanto pare la lluvia. Eso sí, le pagaré las molestias, por descontado.

Con una dulce sonrisa, la anciana le comentó que no tenía por qué marcharse. Aunque en el letrero rezara lo contrario, tenía una habitación disponible. En realidad, no era para huéspedes, sino la de su hijo. La tenía siempre preparada para cuando el muchacho volviera. El turista intentó declinar tal ofrecimiento, no quería abusar de la buena voluntad de la señora, mas esta no dio opción a rechazar su propuesta.

En cuanto hubo terminado su bebida, siguió a la anfitriona hasta el dormitorio que le había sido asignado. Atravesaron un silencioso y angosto pasillo a cuyos lados se sucedían una serie de puertas numeradas. No se escuchaba otro ruido en la vivienda que sus amortiguados pasos sobre la moqueta y el repiquetear del agua sobre el tejado.

—¿Y el resto de huéspedes? —preguntó el visitante en un susurro.

—Duermen ya —contestó la señora en el mismo tono esbozando una leve sonrisa.

Al final del pasadizo, la dueña se detuvo y le señaló su habitación, la abrió y le franqueó el paso. Bajo la mortecina luz de la tormenta, el cuarto parecía algo lúgubre y una notoria pátina de polvo cubría los muebles. Sin embargo, el joven se hallaba tan cansado y agradecido que no hizo ascos a lo que se le ofrecía. Dejó su mochila sobre una silla y se asomó a la ventana, a través de la que se veía la parte trasera de la casa. Mientras emitía un sonoro bostezo que no fue capaz de reprimir, observó que en una caseta de jardín se apilaban una docena de bicicletas de distinto tipo y época.

Con la lengua algo pastosa logró preguntarle a la anciana de quiénes eran todos esos velocípedos.

—De mi hijo —respondió orgullosa señalando una foto en blanco y negro que se hallaba sobre la cómoda en la que se distinguía a un joven junto a una anticuada bicicleta. —Es aficionado al ciclismo. Sale todos los días a pedalear durante horas. Estoy esperando que regrese. Las colecciono para cuando vuelva a casa. La tuya le va a encantar.

Algo aturdido, el muchacho intentó moverse o replicar, mas sus músculos no le respondían y cayó postrado sobre la cama. Unas huesudas manos ayudaron a sus párpados a cerrarse definitivamente mientras le daban las buenas noches eternas.

El vecino ideal

Mi vecinito Pablo es el niño ideal. Siempre va bien aseado, no corre por las zonas comunes ni grita para llamar la atención. Nunca contradice a sus papás, saca buenas calificaciones en el colegio y es puntual como un reloj. Es tan bueno y educado que, si coincide con alguien en el portal, le cede el paso y le sostiene la puerta. Ayuda a las señoras con las bolsas de la compra, y a los ancianos a quienes les cuesta caminar les ofrece su delgado hombro como apoyo. Todos lo adoran y sus padres se sienten muy orgullosos de él porque, su discreción es tal, que se ruboriza si alguien alaba sus numerosas virtudes.

Pablito es tan altruista que ha resuelto muchos problemas en el edificio sin atribuirse el mérito. Todos se quejaban de los excrementos que dejaba el gato de doña Pastora en el patio común, y él lo resolvió envenenando al animalito. Nadie soportaba coincidir en el ascensor con don Rigoberto, pues había perdido el hábito del aseo desde hacía décadas, así que nuestro amable niño provocó su rápido descenso por el hueco del ascensor y acabó con los malos olores de una vez por todas. A la chica del quinto derecha, que ponía la música altísima a cualquier hora, la electrocutó mientras se duchaba a ritmo de *reggeaton* y devolvió la paz al bloque. Y al loro chillón de los del bajo izquierda, que no dejaba dormir a nadie la siesta, lo acalló para siempre con un certero disparo de tirachinas.

La verdad es que este niño es un ángel. Está siempre atento a las necesidades de los demás sin pedir nada a cambio. ¡Ojalá hubiese más infantes como él!

Cambio climático

Sí, lo confieso. Fui yo. Me declaro culpable. Admito que provoqué ese incendio de manera intencionada. Pero no, no soy una pirómana desequilibrada ni me mueven bajos intereses económicos ni odios exacerbados hacia los dueños de esas zonas boscosas ni de las casas y fincas que quedaron reducidas a cenizas. No, mis intenciones no eran tan nefandas. Aunque no se lo crean, lo hice por amor.

Sí, es cierto que provoqué la muerte de miles de personas y la destrucción de varias ciudades por no advertir que se avecinaba un enorme huracán muy superior a Katrina que arrasó todo lo que halló a su paso una vez tocó tierra.

Sí, reconozco que tampoco anuncié que se iban a producir fortísimos terremotos de manera simultánea en diversas fallas, cuya energía sísmica superó la magnitud ocho en la escala Ritcher y que provocaron la destrucción total de comunidades enteras.

Sí, es verdad que además oculté que enormes olas provocadas por los intensos seísmos se iban cargando de poder a medida que avanzaban por los océanos hasta adentrarse de manera irreparable en la tierra, arrasando continentes y haciendo desaparecer islas completas.

Y sí, qué más da que lo revele a estas alturas, contuve las nubes para que no descargaran la lluvia que portaban y así se intensificara el calor del sol, que desecó la tierra, acabó con los acuíferos y provocó terribles sequías que asolaron los cultivos. Y todo esto propició que aumentara aún más la temperatura global y desaparecieran los polos y todo lo que ellos suponían.

Manifiesto abiertamente ante ustedes que aniquilé a la raza humana y que no me arrepiento de ello.

En mi defensa puedo argumentar que lo único que hice fue acelerar el proceso de autodestrucción al que estos seres estaban abocados de manera consciente al incumplir uno tras otro los sucesivos protocolos medioambientales. Me engañaban continuamente simulando tenerme en cuenta al convocar cumbres internacionales para tratar un tema tan perentorio. Los líderes se fotografiaban con rostro circunspecto aparentando preocupación, pero pesaban más los intereses de las poderosas empresas y de los gobiernos egoístas que los llamativos datos científicos que se registraban. Fingían inquietud e interés, pero se reían de mí en privado, pues solo les interesaba su presente y no mi futuro. Y que conste que lancé claras advertencias, cada vez más continuas, en forma de desastres naturales. Pero no, ellos seguían destruyendo la capa de ozono y provocando un efecto invernadero día a día más asfixiante.

¡Y qué quieren que les diga! No quería que esa marabunta de seres insoportables y ególatras me convirtiera en otro Júpiter. Así es que decidí acabar con ellos antes de que ellos terminaran de destruirme.

Ahora soy un mundo deshabitado, pero tranquilo. Estoy en proceso de cambio y recuperación para intentar estabilizarme y volver a ser el planeta azul que fui antaño. Ah, y me cuidaré mucho de que, tras complicados procesos celulares, vuelva a surgir esa horrible plaga humana sobre la faz de la tierra.

El crítico

El crítico dobló el periódico al terminar de leer el artículo y lo dejó caer sobre la mesa. Se arrellanó en la cómoda butaca de su local favorito y tomó el último sorbo del *whisky* que, ya diluido con el hielo, aguardaba a que concluyera su lectura. Una sonrisa de satisfacción se dibujó en su cara tras chasquear la lengua. Con sus lapidarias palabras había resquebrajado las ilusiones de ese aspirante a escritor que no se había dejado someter a su yugo. En el mercado editorial todos sabían que debían rendirle pleitesía si querían que sus obras alcanzaran algún éxito, pues, de la misma manera que podía encumbrarlos hasta la más alta cima literaria, tenía el poder de hundirlos en la absoluta ignominia y olvido, tanto que ni las librerías de segunda mano accederían a comprar los ejemplares desechados por unos lectores cuyos gustos solo él tenía potestad de dictar.

Sus inicios habían sido tan torpes como los de cualquier otro, mas con el tiempo había ido ganado espacio y popularidad gracias a su ágil y mordaz pluma hasta convertirse en un verdadero sátrapa literario, y lo cierto es que disfrutaba con ello. Más de un aspirante a poeta había tenido que lamerle los pies para lograr de él una mínima reseña o que su nombre apareciera de soslayo en cualquiera de sus columnas. Pero su mayor disfrute consistía en humillar a un novelista consagrado, un escritor de renombre que se viera obligado a publicar cada cierto tiempo para mantener contenta a su editorial y sostener su nivel de vida. Le hacía sentirse poderoso el ver cómo un grande agachaba su cerviz para pedirle un favor o simplemente sacarse una foto juntos en actitud amistosa para hacerla circular por los medios. Nadie ganaba un premio de prestigio en este país sin su consentimiento o su padrinazgo.

Volvió a pensar en el poetastro que acababa de enterrar en el olvido. ¿Quién se creía que era ese jovenzuelo? ¿Acaso era tan ingenuo como para creer que para ser un gran poeta bastaba con escribir bien o tener estilo? ¡Qué iluso! Había que contar con un mentor, una persona que supiera guiar sus pasos por los caminos adecuados y que le indicara qué estaba bien y qué no.

Eso sí, a cambio debía recibir un sustancioso estipendio, y ese palurdo orgulloso no había accedido a aceptar su ayuda.

Las palabras que había empleado en su artículo para desprestigiar al muchacho habían sido duras y contundentes: "Este joven escritor salido de la nada presenta serias carencias de fondo y una retórica excesiva que demuestran un desconocimiento total tanto de las bases de la poesía clásica como de las últimas tendencias poéticas, por lo que le convendría más empezar a leer que ponerse a escribir unos versos que maltratan al lector con chirriantes sílabas que destilan ignorancia."

Al llegar a su casa, la euforia del alcohol y de la lectura de su último dardo periodístico había ido decayendo. Como cada noche, se orientó a oscuras hasta su despacho para no despertar con la luz sus miedos. Abrió la puerta despacio y se dirigió a su gran mesa de caoba. Extrajo de un oculto compartimento una pequeña llave dorada que abría un cajón que siempre permanecía cerrado. Hizo girar la cerradura lentamente, como si temiera que al abrirlo todo se rompiera en un instante, y cuando fue posible tiró y extrajo la gaveta. Dentro de ella se hallaban apilados cientos de folios en los que dormían el sueño de los muertos los poemas, relatos y novelas que había escrito de su puño y letra y que no se había atrevido jamás a hacer públicos por temor a los duros comentarios de cualquier crítico despiadado que lo quisiera someter.

Amor más allá de la muerte

Aún recuerdo cómo nos conocimos. Fue en una fiesta a la que nos habían invitado personas distintas y la casualidad hizo que coincidiéramos. Tú tenías tus planes y yo carecía de alguno. Mas tu estrategia se fue derrumbando a medida que sumabas copas. Estabas tan borracho que las chicas huían de ti, no querían aguantar a un tipo que era incapaz de sostenerse por su propio pie. Yo también lo hice. Sin embargo, cuando decidí marcharme el amigo de un amigo de una amiga me pidió que te llevase en coche a tu casa, pues me quedaba de camino. Lo único positivo del trayecto fue que tuviste la gentileza de abrir la ventanilla y no vomitarme la tapicería. Cuando descendiste inseguro de mi auto aceleré y deseé perderte de vista para siempre.

Pero ya ves, volvimos a vernos y entre nosotros surgió el amor. Son cosas que pasan pocas veces, como en las novelas o en las películas románticas. Por lo visto alguien te dijo algo así como que me debías la vida por haberte salvado aquella noche y buscaste la manera de darme las gracias. Luego supe que la primera pregunta que le hiciste a tu informador fue si yo estaba buena, y tras su respuesta afirmativa decidiste remover cielo y tierra hasta encontrarme. En fin, dadas las circunstancias, te lo perdono.

Nuestra relación no fue fácil. Tus costumbres disolutas estaban muy arraigadas en ti y yo no estaba dispuesta a soportarlas. No obstante, poco a poco me fuiste demostrando cuánto me querías y a lo que estabas dispuesto a renunciar. Aunque te costó mucho, dejaste de fumar y de consumir lo que fuera que pillabas, borraste tu lista de amigas eventuales —o al menos prefiero pensar que fue así— y redujiste tu ingesta de alcohol. Las cosas iban tan bien que decidimos formalizar nuestra relación desoyendo determinadas voces adversas, y lo cierto es que no me arrepiento de haberlo hecho. Éramos realmente felices. Hasta que un día todo se torció.

Cuando me llamaron por teléfono no podía creer lo que escuchaba. Era imposible. Eso no podía haber pasado. Grité tanto que el vecino de al lado tocó a la puerta preguntando si pasaba algo. Y no es que pasara algo, pasaba todo. Lo peor fue que, cuando tu familia recibió la noticia, me culpó a mí de lo que había pasado. Yo era la responsable de que tú hubieses sufrido un accidente bajo los efectos del alcohol. No les importaba que bebieras, sino que yo no hubiese ido a recogerte. Yo, que ni siquiera sabía dónde estabas esa noche y que te esperaba tranquila en casa como siempre hacía. Las peores lenguas llegaron a insinuar que yo había provocado tu muerte para cobrar la pensión de viudedad. Además, se negaron rotundamente a que fueras incinerado, esa era una costumbre bárbara que no iban a permitir, pues querían una tumba que llenar de flores el día de difuntos. ¡Qué momentos tan duros pasé!

Tu muerte anuló mis ganas de vivir. Abandoné mi trabajo, dejé de practicar deporte o quedar con amigas, casi no comía y me pasaba los días en el cementerio sentada frente a donde habías sido enterrado. Allí me sentía cerca de ti, miraba la foto de tu lápida, lloraba y te hablaba durante horas. Esto provocó que algún visitante ocasional me mirase con cara rara y fuese a cuchichear con los vigilantes, quienes ya me reconocían y me dirigían miradas compasivas, puesto que llegaba la primera por la mañana y me marchaba al caer la tarde, justo en la hora de cierre, siempre con la misma cara desvalida y la mirada perdida. Tanto tiempo en el camposanto me dio la oportunidad de pensar mucho y tomar una seria determinación para afrontar mi futuro.

Un amanecer los sepultureros me hallaron junto a tu tumba. Se asustaron porque pensaron que el frío nocturno podía haberme afectado, y se sintieron responsables al no haberse percatado de mi presencia antes de cerrar la tarde anterior. Además, mi ropa estaba sucia por haber tenido que acurrucarme en el suelo para protegerme de las bajas temperaturas y mi aspecto era realmente lamentable. Enormes ojeras delataban mi noche de insomnio entre cadáveres. Los eximí de cualquier responsabilidad y les aseguré que no los denunciaría al ayuntamiento. No deseaba permanecer más tiempo allí, así que me colgué la mochila del hombro y me marché a por mi coche con paso presuroso para no despertar suspicacias. Sin embargo, ellos, preocupados más por mi salud mental que por la física, informaron a mi familia, lo que provocó que estos pusieran el grito en el cielo y se inquietaran aún más por mí.

Varias personas intentaron ayudarme, cada una a su manera y todas con muy buena intención, aunque con métodos algo peregrinos. Mi madre me arrastró, en contra de mi voluntad, a su confesor, un señor mayor con voz aterciopelada y bregado en desgracias humanas, quien me explicó amablemente que morir era una suerte porque liberaba de este valle de lágrimas y conducía al Paraíso. Mi hermana, más desligada de antiguas creencias, me citó con una psicóloga que me intentó convencer de que el mayor de los regalos era la vida y debía aprovecharla mientras durase. Tanta contradicción humana me dejaba perpleja. Por último, una amiga un tanto alternativa me acompañó a una sesión con una vidente acostumbrada a lidiar con los muertos. Su diagnóstico fue inmediato: estaba aferrada a ti y debía desligarme de tu presencia incorpórea para que siguieses tu camino hacia el más allá. Ella contactaría contigo para orientar tus pasos hacia la luz. Esto me provocó la risa, que desapareció tras el codazo que me propinó mi amiga, quien temía las represalias de los muertos. A mí me dejó de hacer gracia el asunto cuando le tuve que pagar el montante a la médium.

Desde entonces mis allegados están contentos, piensan que su colaboración me ha ayudado a superar el duelo. Ya no voy al cementerio a diario. Ahora hago una vida normal. Encontré un trabajo a media jornada cerca de casa, salgo a correr varias veces a la semana, quedo con mis amigas y tengo mejor aspecto. La verdad es que me siento mucho mejor y mis ganas de seguir adelante ya no tienen freno. Mi madre piensa que he aceptado tu muerte, mi hermana cree que me aferro a la vida y mi amiga está convencida de que tu fantasma me ha abandonado. Yo sonrío cuando las escucho recrearse por todo lo que han hecho por mí, pero no les puedo decir que no tiene nada que ver con ellas porque no lo entenderían.

Siempre tengo unas ganas infinitas de volver a casa. Me satisface cruzar el umbral al que no permito acceder a nadie, ya que detesto las visitas incómodas. Cada noche me tumbo a tu lado en la cama y me acerco amorosa a tu cuerpo exánime para llenarlo de besos. Y cuando agarro tu mano helada entre las mías, sonrío al pensar qué diría tu familia si supiera que depositan flores en una tumba vacía ahora que te he traído a casa para que sigamos estando siempre juntos.

En un país sin ruiseñores, el cuervo es el rey

En una pequeña loma se erigía un frondoso árbol cuyas ramas invitaban a los pájaros más variopintos a posarse para descansar o establecer sus nidos. Desde allí se oteaba todo el valle y se podían escuchar los sonidos que se emitían a una distancia considerable, tal era su óptima ubicación.

Sin embargo, un lugar tan preciado estaba prácticamente deshabitado; tan solo un enorme cuervo negro se movía en él. Había sido el primero en llegar y, aunque a veces se ausentaba para realizar escaramuzas por la zona o dedicarse a husmear los alrededores, no permitía que ningún otro ser alado se parase siquiera a descansar, así que cuando regresaba, echaba a fuerza de picotazos y graznidos a cualquier ave que osara detenerse en su territorio, incluso a pesar de que estas, con exquisita educación, le pidieran su consentimiento.

No se trataba de una cuestión de falta de espacio, el árbol era suficientemente grande y frondoso como para albergar varios animales. Los motivos del cuervo eran otros. Este pájaro siempre había deseado destacar en el canto, pero como de su pico no salían otros sonidos que estridentes graznidos, evitaba que otras aves mejor dotados para la música lo humillaran con sus hermosos trinos. La envidia corroía sus plumas, no soportaba escuchar cualquier sonido afinado, pues le hacía sentir aún más ridículo e insignificante. En su mapa de la realidad, el cuervo ególatra pensaba que los pájaros que acudían al azar a posarse en su árbol lo hacían con el oscuro afán de mofarse de él y de hacerlo sentir inferior.

Así pues, su determinación era clara: no permitiría que ningún otro se acercase a sus dominios. De este modo, las voces canoras de esos pajarracos insolentes no serían escuchadas en todo el valle y sería el cuervo entonces, con los chirridos que huían de su pico, el ave más cantora del lugar.

Barcos de papel

Mi infancia fue feliz. Puedo afirmarlo con tanta rotundidad porque, por muchas caídas y arañazos que sufriera, nunca viví ninguna experiencia traumática que me arrebatara la sonrisa. Vivía en el campo, en un pueblo tranquilo rodeado de árboles y laderas por las que podía corretear sin cesar persiguiendo insectos o sueños. Cada vez que podía iba con los chicos del lugar a cazar lagartijas, capturar ranas en los estanques o confeccionar arcos y flechas para jugar a los indios. Mi abuela me regañaba cuando volvía a casa sucia, desgreñada y con las rodillas ensangrentadas, pues una niña debía ser más pudorosa y aprender a bordar como Dios y la tradición mandaban. Tras sus reprimendas, un guiño pícaro de mi padre me animaba a continuar con mis aventuras.

El pueblo era pequeño, por lo que todos sus habitantes nos conocíamos o guardábamos algún parentesco familiar. Los niños íbamos juntos a una escuela unitaria en la que compartíamos aula estudiantes de varias edades, así que nuestro ritmo de aprendizaje se aceleraba. Era un reto dejar de colorear fichas para realizar los cálculos matemáticos de los mayores o leer historias de Julio Verne, Emilio Salgari y Stevenson. Como decía nuestro maestro, éramos una piña.

Un día unos desconocidos aparecieron en el pueblo y alquilaron una casa que estaba desocupada. Se trataba tan solo de una señora que venía acompañada de un niño. Nadie sabía nada de ellos, por lo que los comentarios y las suspicacias surgieron inmediatamente. Enseguida las comadres comenzaron a sacar sus propias conclusiones y dictar veredictos: unas compadecían a la que debía ser una pobre viuda, pues por algo venía con hijo y sin marido; otras, sin embargo, afirmaban con rotundidad que se trataba de la querida de un rico que había sido apartado de la ciudad para calmar los encendidos celos de la esposa legítima. Nosotros solo sentíamos curiosidad por ese pequeño regordete y con cara alunada que no era capaz de mirar a nadie a la cara.

El maestro nos presentó a nuestro nuevo compañero y nos animó a acogerlo. Mas de poco sirvieron sus palabras, porque el líder de nuestro grupo había decidido al verlo que el nuevo sería objeto de sus burlas e insultos. Nadie se atrevía a contradecir a Juan, ya que era el muchacho más bruto y fuerte del lugar, y el sabor de sus puños no era muy agradable, según contaban los que los habían probado. Así que todos los críos apoyamos su idea por puro miedo a caer en desgracia.

Ese mismo día empezó el calvario del recién llegado. Los motivos eran lo de menos, daba igual que fuese gordo o flaco, alto o bajo, rubio o moreno…, había que ir a por él, y punto. No solo en la escuela, sino también fuera de ella, lo perseguían las ofensas, los agravios, las humillaciones e incluso los golpes. Eso sí, todo se hacía con mucho disimulo, a espaldas de los adultos, para que nadie pudiese acusarnos de nada. El pobre muchacho nunca se rebelaba ni se quejaba; en silencio, aceptaba resignado su situación como si estuviese expiando así alguna culpa insoslayable. He de reconocerlo, yo también contribuía a ello. ¿Qué podía hacer? Temía que, si no actuaba como ellos, yo podría ser su siguiente víctima. Sí, ya sé que mi actitud era cobarde, pero era una niña y solo quería ser aceptada por los míos y no sufrir su desprecio.

Una mañana aparecieron en el patio del colegio enormes charcos que habían sido creados por la intensa lluvia de la noche anterior. El maestro, tras explicarnos el ciclo del agua, nos enseñó a confeccionar barquitos de papel con hojas de cuaderno para que los hiciéramos navegar en las improvisadas pozas. Con nuestras naves en ristre, corrimos presurosos a verlas zarpar en aquellos espejos de agua. Unas eran grandes, otras estaban pintadas de colores, y la mía, que era bastante enclenque, nada más depositarla sobre el líquido zozobró.

Al primer estallido de risa de Juan le siguió el eco de los demás. Mis amigos se burlaban de mi fracaso naval y hacían mofa de mi desgracia. El calor empezó a ascender por mis orejas, que adquirían rápidamente el color de la grana, signo inequívoco de que la vergüenza me consumía.

Cuando estaban a punto de brotar las primeras lágrimas de mis ojos, una mano gruesa e infantil tocó mi hombro. No me giré porque intentaba ocultar el inminente llanto que pugnaba por salir; sin embargo, alguien tendía hacia mí un fabuloso barco de papel cuya proa podía vencer los huracanados vientos de los mares más procelosos. "Toma, prueba con este", me animó una voz. Coloqué el navío sobre el agua y este avanzó imponente con la fuerza de mi aliento.

Cuando por fin me di la vuelta para compartir mi alegría, comprobé que había sido el chico nuevo quien me había cedido su embarcación y lo animé para que jugara conmigo. Inmediatamente los otros mostraron su desprecio hacia mí por haberme unido al defenestrado, pero no me importó. Ese día aprendí que los verdaderos amigos son los que te ayudan cuando lo necesitas.

Me hubiese gustado concluir relatándoles que a partir de ese día todo cambió y que fuimos felices y comimos perdices. Pero, desgraciadamente, la realidad suele ser más cruda que los cuentos. Juan y sus acólitos continuaron fastidiando al nuevo y haciéndole la vida imposible, hasta que su madre, enterada del caso, decidió poner fin a tan humillante situación trasladándose a otro lugar. Los acosadores entonces se sintieron satisfechos y yo perdí para siempre al primer mejor amigo que tuve jamás.

¿Y los sueños, sueños son?

—Me gustaría levantarme al amanecer, preparar el desayuno para la familia, despedirlos cuando salen hacia el trabajo o al colegio, fregar los platos, limpiar la cocina, pasar la aspiradora, aclarar los cristales para que entre la luz del sol...

—¿Pero, qué dices? ¿Acaso no sabes que las mujeres ya no tienen que someterse a la esclavitud del hogar? —replica airada la periodista—. En Europa nosotras tenemos los mismos derechos que los hombres, trabajamos fuera de casa, y las tareas del hogar se comparten. ¿Cómo puedes anhelar una forma de vida tan sexista?

Ahlam mira a la periodista con lástima. Esa muchacha se ha molestado en desplazarse hasta allí, recorriendo cientos de kilómetros y solicitando innumerables permisos, para entrevistarla y saber cómo se sienten las mujeres refugiadas que viven como ella. Pero esa joven tan moderna, con sus diplomas universitarios y su dominio de varios idiomas, no entiende nada.

—Observe a su alrededor —le indica Ahlam—. Malvivimos en tiendas de campaña instaladas sobre campos yermos que se convierten en lodazales cuando llueve. Nos rodea una cerca vigilada por militares de la que no podemos salir y nadie nos dice qué será de nosotros. ¿De qué igualdad me habla usted? Yo anhelo tener una casa en la que vivir dignamente con mi familia, que mis hijos puedan ir al colegio y jugar en la calle sin miedo a que caigan abatidos por una bala perdida. Quiero que mi esposo y yo podamos trabajar y ganar un jornal con el que dar de comer a nuestros niños y llevarlos al parque o al cine de vez en cuando. No deseamos permanecer enjaulados aquí, retenidos como parias rechazados por la sociedad que nos desprecia, su sociedad. ¿Es demasiado pedir?

La profecía

por regalarme una imagen de la que brotó esta historia.

A Begoña Abad Asso,
por regalarme una imagen de la que brotó esta historia.

Una inquietante imagen comenzó a circular a gran velocidad a través de los sistemas binarios de las redes sociales. Con cada clic en el teclado o en la pantalla táctil, se difundía a mayor velocidad un terrible acontecimiento que asombraba a muchos, hacía reflexionar a unos pocos y era desechado por un puñado de incrédulos.

El infausto augurio hizo temer a las madres por sus hijos, a los ganaderos por sus reses, a los ricos por sus riquezas y a los políticos por sus asientos. ¿Qué pasaría si sucedía lo que se anunciaba de manera inminente? ¿Cómo frenar, impedir o desviar tal desastre? ¿Podía acaso el ser humano detener el poder del universo?

Los más exaltados decidieron ampararse en el suicidio para evitar morir en las circunstancias que se avecinaban. Los más creyentes rezaron cada uno a su dios verdadero rogando clemencia, y, de paso, lanzaban plegarias a otros por si eso funcionaba. Los más alternativos organizaron encuentros con la madre Tierra para sumar energías positivas y cambiar el futuro con el poder de la mente. Los más excéntricos vendieron todo y corrieron a la agencia espacial más cercana para, mediante una golosa cantidad, lograr abandonar el planeta en un cohete, fuese cual fuese su destino. Los más valientes se armaron hasta los dientes para enfrentarse a un enemigo contra el que las balas nada podían hacer. Los más precavidos corrieron al supermercado a comprar toneladas de víveres para llenar el refugio que ya habían excavado. Los más escépticos se sentaron en el porche con una cerveza y unas aceitunas a esperar. El resto no hizo absolutamente nada.

Los días iban cayendo del calendario como las hojas de los árboles otoñales. El mundo, caduco y desvirtuado, parecía dirigirse a un irreparable final. El tiempo corría a un ritmo desbocado y no había riendas que pudieran refrenar la galopada hacia el ocaso. No se trataba del fin de una era, sino de la extinción de la humanidad.

El día indicado amaneció con niebla, con claros y nubes, con ciertas lloviznas ocasionales, con un tímido sol, con calor y bochorno..., dependiendo del punto del planeta donde se estuviese. Los canales de televisión reproducían programas en directo en los que se debatía con ardor sobre lo que iba a suceder y se ofrecían imágenes del lugar indicado para enviar al mundo cualquier insignificante novedad. Se escuchaban algunos tiros lejanos y ocasionales sirenas policiales o de ambulancias presurosas. Nada fuera de lo habitual en un día aciago.

Y llegó la hora señalada. Los temerosos habitantes que, conteniendo el aliento, se atrevieron a mirar hacia el norte de las pirámides de Guiza no pudieron ver alineados sobre ellas ni a Mercurio, ni a Venus ni a Saturno. ¿Dónde se hallaban entonces? Los oráculos lo habían anunciado con claridad: esta temible alineación de planetas solo acontecía una vez cada 2.737 años, y ese era el momento elegido, todos lo sabían. ¿Por qué no se había cumplido? La imagen era muy clara y el mensaje también.

Con cautela, algunos se giraron, a la par que las numerosas cámaras de televisión allí instaladas, hacia otro punto cardinal esperando que en cualquier momento se produjera la hecatombe. Clavados en el cielo de manera dispar pudieron ver dos planetas, Venus y Saturno, y con un débil destello, muy a lo lejos, Mercurio, que parecía hacer un guiño jocoso a quienes lo lograban distinguir.

Tras el fiasco del desastre, la humanidad respiró tranquila a la espera de que otro iluminado volviese a anunciar el fin del mundo en la próxima alineación planetaria.

Amor incondicional

Lo nuestro fue un flechazo. Cuando nos vimos por primera vez nuestras miradas se cruzaron y algo en nuestro interior nos dijo que estábamos hechos el uno para el otro. Me sonreíste, me acariciaste y yo decidí seguirte allá donde fueras.

Me fui a vivir a tu casa, contigo, en un apartamento pequeño al que me adapté enseguida porque lo más importante para mí era estar a tu lado. Recuerdo que, cuando crucé la puerta, una infinidad de olores distintos entraron a gran velocidad por mis fosas nasales y todos, todos me agradaron porque eran parte de ti.

Nuestros lugares favoritos de tu piso eran el enorme sofá, en el que nos acomodábamos para ver los deportes o las películas que te gustaban mientras comíamos cualquier cosa, y, por supuesto, la enorme y cómoda cama en la que dormíamos juntos. Yo siempre permanecía atenta a cualquier ruido, pues mi sueño siempre ha sido bastante ligero, y me resultaba muy agradable despertarme a cualquier hora de la noche y escuchar tu respiración acompasada; eso me daba tranquilidad y una paz enorme.

Nos encantaba pasear. Salíamos a diario por las calles y parques de nuestro barrio, donde ya nos conocían todos y sonreían al vernos tan felices. En ocasiones íbamos en tu coche a otros lugares que sabías que me gustaban más, puesto que siempre me ha entusiasmado la naturaleza, e incluso jugábamos a la pelota o corríamos por el bosque el uno al lado del otro. A veces íbamos a la playa, mi lugar favorito, y nos divertíamos mucho salpicándonos y nadando.

Tú cada mañana salías de casa para ir al trabajo y volvías unas horas después. Yo siempre estaba allí para recibirte a tu regreso, observaba tu estado de ánimo y enseguida sabía de qué humor te encontrabas. Si estabas alegre, yo me ponía juguetona; si volvías cansado, solo te daba cariño para no molestarte; si regresabas triste, buscaba la manera de animarte. Mi razón de vivir era hacerte feliz y tú me correspondías dándome mucho amor.

Éramos tan felices que nunca creí que esa situación pudiese cambiar algún día.

Desconozco cuándo y cómo empezó todo. Yo solo me di cuenta cuando noté que estabas demasiado pendiente del móvil. Sucesivos pitidos del teléfono te distraían continuamente. Tu cara cambiaba, digamos que florecía una sonrisa tonta en tu faz. Yo te miraba reclamándote atención, incluso te tocaba con cariño, pero me ignorabas cada vez más. Nuestros paseos se fueron reduciendo paulatinamente, no solo duraban menos, sino que dejamos de ir en coche a otros lugares y olvidamos la playa. Cada vez permanecías menos tiempo en casa, tus salidas se alargaban de manera notoria y ni siquiera te excusabas al volver, a pesar de que yo te miraba buscando una justificación.

Una noche no volviste a casa. Permanecí hasta el amanecer despierta esperando tu regreso, angustiada, temiendo que te hubiese sucedido alguna desgracia y sufriendo ante la idea de no volver a verte. Regresaste por la mañana apestando a un olor que no era el tuyo. Cuando me acerqué a ti, me esquivaste y te metiste inmediatamente en la ducha. Tu ropa olía igual, a un aroma ajeno. Pese a mi nerviosismo, me senté a esperar tu explicación. Sin embargo, cuando te pusiste ropa limpia te dirigiste a mí muy cariñoso, me dijiste que me habías echado de menos mientras me dabas un abrazo y me propusiste salir a pasear. Estabas arrepentido, pensé, y me alegré tanto de tenerte de nuevo conmigo que olvidé las horas de insomnio.

Mis noches solitarias se fueron repitiendo cada vez con más frecuencia. Me sentía muy sola y triste, pero verte de nuevo compensaba todas tus ausencias.

Un día me comentaste que ibas a estar fuera el fin de semana, que era inevitable, algo de familia, trabajo…, no sé, no entendí muy bien lo que me dijiste porque tus argumentos eran bastante incoherentes. Yo no repliqué nada para no molestarte, simplemente me acerqué mucho a ti y tú me acariciaste con ternura. ¡Eras tan cariñoso! Mientras estabas fuera salí a pasear con una vecina muy simpática, y cuál fue mi sorpresa cuando, al doblar una esquina, justo en la otra acera, te vi de la mano de una mujer. Tú ni te diste cuenta, claro, estabas demasiado ocupado. Quise ir hasta donde estabas, pero la vecina me lo impidió y nos marchamos inmediatamente a casa. Me pasé toda la tarde llorando. Ahora comprendía tus ausencias, tus olores extraños, tus distracciones. Tenías a otra que te robaba mi tiempo.

Me sentía tan mal que dejé incluso de comer. Cuando volviste ni siquiera te fui a recibir a la puerta. Me llamaste extrañado, pero no me molesté en acercarme a ti. Venías oliendo a la otra. Como si nada hubiera pasado, me hiciste un par de caricias y arrumacos a los que no respondí. Estaba molesta contigo. Esa noche ni siquiera dormí en nuestra cama y ni me echaste de menos, te quedaste dormido de inmediato y no me llamaste a tu lado. Imperdonable.

Los días siguientes nada mejoró. Cada vez estabas menos en casa y casi ni me hablabas ni me hacías caso. Llevábamos seis años juntos, compartiéndolo todo, y ahora nos habíamos convertido en un par de desconocidos.

Una noche llegaste a casa tarde. Me llamaste y me dijiste que teníamos que hablar. Esa frase me puso alerta, me podía esperar lo peor. Me explicaste que habías decidido vender el apartamento para buscar uno más grande. Respiré tranquila, esa no era tan mala noticia, al fin y al cabo, siempre habíamos deseado disponer de más espacio. Te mostré mi alegría por el cambio, pero tus siguientes palabras hicieron que esta durara poco. Yo no iría a vivir contigo a la nueva vivienda, la ibas a compartir con aquella mujer con la que te vi en la calle. Me miraste con los ojos preñados de lágrimas, hundiste tu cara en mi pelo y me abrazaste por última vez. Lo nuestro había terminado.

Me destrozaste el corazón y yo, tu casa. Me enfadé tanto que empecé a romper todo lo que encontraba como represalia. Siempre había sido muy cuidadosa, nunca había osado quebrar nada ni siquiera jugando, pero ese día necesitaba sacar mi rabia y lo hice de esa manera.

Ahora, tras estas rejas en las que me abandonaste y desde las que observo el mundo, me pregunto qué sucedió para que todo cambiara. Por qué después de tantos años todo terminó así, con lo bien que me porté siempre contigo y todo el amor incondicional que te di. Y lo que no llego a entender es que, entre todas las personas del mundo, hayas decidido irte a vivir con una mujer alérgica a los perros.

Anestesia

Unos días antes de mi operación de rotura de menisco acudí a la habitual cita con el anestesista. El médico, con una amabilidad a prueba de rutina, me explicó que había dos tipos de anestesia posibles para una intervención tan sencilla como mi inminente artroscopia, y que era yo quien debía decidir a cuál quería someterme. Una era la epidural, con un ligero pinchazo entre dos vértebras ubicadas en la base de la columna perdía la sensibilidad de las extremidades inferiores, permaneciendo despierta en todo momento para poder observar el proceso quirúrgico. La otra era la total, que me dejaba inconsciente durante horas hasta que lograran despertarme del trance.

La primera me produjo más que miedo, pavor, tanto por el doloroso picotazo en mi delgada espalda como por tener que observar cómo el médico disfrutaba haciendo cortes con el bisturí en mi rodilla. Le comenté mis temores al doctor y este quiso ser franco conmigo: debía recelar más de los riesgos de la segunda opción, pues esta me llevaba a un estado de sueño profundo tal que tenían que resucitarme, y no siempre lo lograban. A pesar de la parcialidad de sus comentarios, no me dejé manipular por el galeno. Estaba claro cuál era su elección, pero no coincidía con la mía. Quería asustarme para que aceptara la que él quería. Me habían advertido que esta era más barata y ya se sabe cómo es la Sanidad con el dinero. ¡Ni hablar! Me mostré inflexible, me decantaba por la total.

Ahora que estoy en la sala de recuperación me encuentro relajada. Lo último que recuerdo es ver pasar ante mis ojos una jeringuilla que el anestesista vertió en la vía que me habían clavado en la mano. No sentí el más mínimo dolor durante la intervención ni ahora tampoco. Eso significa que todo salió bien. Lo que no entiendo es por qué mi madre y mi hermana lloran desconsoladas a mi lado y una enfermera se empeña en tapar mi rostro con una fría sábana.

Depredadores

Se mueven con sigilo, no dejan huellas y pasan desapercibidos. Avanzan con cautela mirando con cien ojos a su alrededor para no delatar su presencia en el momento inapropiado, percibiendo cada movimiento a su alrededor o cualquier sonido extraño que los pueda alertar. Buscan y escogen a sus víctimas con el acierto que da la experiencia y una vez que las han localizado se lanzan a por ellas. De una en una. En soledad. Dedicándoles todo el tiempo y la atención que un objetivo preciado se merece. Se relamen mentalmente ante la expectativa del logro satisfecho. Llevan puesta su piel de cordero, pero bajo ella laten sus ansias lobunas de depredadores innatos que no pueden dejar de ir a cazar una presa.

Son amables, agradables, sonríen y enseñan unos dientes perfectos que esconden sus acerados colmillos de fieras incontenibles. Su edad es lo de menos, pueden ser mayores, adiestrados ya en el arte de la ocultación y la farsa; pero también los hay jóvenes, que aprenden a fuerza de cometer ligeros errores que pueden costarles el futuro. Todos ellos lo llevan en la sangre, y no saben muy bien cuándo, pero un día se les aviva el instinto y ya no lo pueden frenar.

Pasean por parques, vigilan los columpios, participan en centros religiosos, en escuelas, en actividades musicales o deportivas... Acuden al lugar donde se concentran más presas y las vigilan antes de elegir. Su objetivo son pequeños niños inocentes que caen en sus redes de adulación y dominación y a quienes es más fácil manipular y controlar. Saben cómo hacerlo, han aprendido a ganarse su confianza con regalos insignificantes; les ofrecen apoyo, los escuchan, les dan importancia y exaltan su valía. Los persuaden de que son tan especiales que tienen el privilegio de haber sido escogidos por ellos para recibir sus dones, el acto de amor más puro entre un adulto y un pequeño. Les enseñan el arte de ocultar sus encuentros furtivos y los convencen de que el silencio es la mejor opción.

Los críos no entienden lo que sucede, pero asumen que lo mejor es callar y aceptar los hechos. Y cuando son incapaces de permanecer con los ojos abiertos ante el horror que los rodea, aprietan los párpados con fuerza e imaginan que están en otro lugar, que vuelan como pájaros, que corren como gacelas, que saltan como caballos para huir de un presente inconfesable. Luego, vuelven a casa derrotados, a veces incluso acompañados por la fiera, que además se ha ganado la confianza de los padres y es agasajado por ellos. El niño mira el mundo desde el caos y llora en silencio su miedo bajo las sábanas cuando nadie lo puede escuchar. Agotado, sueña que tal vez mañana, cuando despierte, el monstruo no estará allí.

A veces alguien rompe el silencio y se atreve a relatar ante miradas escépticas su sufrimiento. Quienes se erigen en jueces, dudan de sus palabras, cuestionan su credibilidad, lo acusan de falsedad, y la fiera, que ha sabido interpretar bien su papel y se ha forjado una imagen social intachable, se convierte en víctima. Pero cuando surgen más voces silenciadas, los ministros de la verdad se sienten incómodos y no saben cómo tapar el agujero que está creciendo bajo sus pies y que puede salpicarlos; así que deciden acallar los gritos de denuncia y solucionar todo por la vía discreta, con disimulo, trasladando al elemento nocivo de lugar para que el problema pase a otras manos y poder así lavarse las suyas.

En su nuevo destino, el depredador, de nuevo bajo su estudiado disfraz, empieza una cacería que nunca podrá parar.

El señor Forcadel

El señor Forcadel vivía al final de la calle, en una casa algo desvencijada que estaba rodeada por un impenetrable y descuidado jardín. Se notaba desde la acera que nadie limpiaba los cristales de la vivienda desde que fueron colocados, y la fachada reclamaba a gritos una mano de pintura urgente. Del techo habían huido tantas tejas como dientes a la boca de su dueño, al menos eso decían las malas lenguas, que no eran pocas en el pueblo, pero nadie era capaz de desmentir esa idea ya que ninguno le había visto la dentadura al viejo cascarrabias en años.

Nunca salía a la calle, ni para ir al mercado. Todos los lunes el chico de la tienda le llevaba su encargo semanal, lo dejaba en la entrada de la vivienda y recogía el sobre en el que se hallaba el pago de la mercancía y la lista de la semana siguiente. A veces los niños, cuando ese día no había colegio, nos escondíamos cerca de la casa, tras unos cubos de basura, a la espera de que el viejo saliera a recogerla, pero nunca lográbamos verlo. Era escurridizo como una sabandija. El paquete desaparecía de nuestras narices sin que nos diésemos cuenta.

El señor Forcadel era un hombre raro. No era de aquí, había llegado al pueblo hacía unos treinta años, en un flamante y reluciente vehículo cargado de numerosas maletas y un enorme baúl que iba atado al parachoques trasero. Los más viejos contaban que el coche se había detenido a las afueras, ante una suntuosa casa que acababa de ser construida y cuyo dueño todos desconocían. El hombre se había bajado del auto y había corrido presuroso a abrirle la puerta a su acompañante, una hermosa mujer delgada que se erguía sobre unos zapatos de tacón y que llevaba la cabeza tocada con un bonito sombrero ladeado. En el pueblo nunca habían visto a una dama de ese calibre, tan elegante y ligera como una pluma. Todas las comadres se habían acercado raudas a fisgonear las novedades, pero no pudieron sacar demasiada información ya que la mujer había entrado directamente a la vivienda cuya puerta le había franqueado el conductor. El hombre le había dado unos billetes a un par de jovenzuelos que andaban por allí para que le descargaran los bultos y los dejasen en la puerta. Ese fue el único contacto que habían tenido los habitantes del pueblo con los recién llegados durante tres décadas.

Desde entonces la vida del lugar había girado en torno a esa casa. Incluso el pueblo había ido creciendo hasta acercarse a ella y rebasarla. Todos querían saber lo que pasaba en esa vivienda de la que nunca entraba ni salía nadie. Sus inquilinos eran tan herméticos que despertaban suspicacias, por lo que comenzaron a circular todo tipo de rumores. Algunos se indignaban pensando que los nuevos se creían superiores y no querían mezclarse con los paletos. Otros afirmaban con rotundidad que eran extranjeros y no hablaban nuestro idioma, de ahí su falta de relaciones. Los enganchados al drama clamaban que los nuevos padecían una terrible enfermedad contagiosa que debían aislar de la sociedad. Quienes en todo veían conspiraciones susurraban a los que se atrevían a escucharlos que en realidad eran unos fugados de la justicia que se ocultaban allí y que por ellos se ofrecía una millonaria recompensa, o que eran unos testigos protegidos que debían esconder su identidad para no ser asesinados por la mafia. En realidad, nadie supo nunca ni quiénes eran ni de dónde venían; solo sabían que estaban allí.

Los años fueron pasando lentamente en el pueblo sin que pasase nada digno de contar. La casa se fue deteriorando a la par que los rumores sobre sus habitantes. Los mayores recordaban que durante algún tiempo habían escuchado a veces una música alegre escaparse por las rendijas de la misteriosa residencia, pero que un día, de buenas a primeras, había dejado de sonar para siempre. Había quien incluso afirmaba que una noche habían visto salir el magnífico coche del garaje en el que permanecía desde su llegada; sin embargo, nadie era capaz de corroborar esa información, pues el vehículo aún estaba estacionado en el lugar de siempre.

Con el tiempo surgió la leyenda de que el señor Forcadel era un psicópata asesino que había matado a su esposa, la había despedazado para posteriormente enterrarla en el sótano de su casa, lo que justificaba que nunca se hubiese vuelto a ver a la mujer. Había quienes incluso aseguraban haber escuchado gritos desgarrados en mitad de la noche de autos (aunque nunca hubo acuerdo en determinar de qué noche se trataba exactamente), y que el fantasma de ella vagaba por la casa dando desgarradores alaridos durante las noches más oscuras y siniestras. Algunos animaron a los policías locales a ir a investigar a la vivienda, mas si lo hicieron, el resultado fue infructuoso, pues no pudieron hallar nada sospechoso en el lugar.

A todos los niños, desde que éramos capaces de andar, no advertían que no nos acercásemos a esa casa. Nos metían el miedo en el cuerpo con cuentos macabros e historias increíbles de asesinos en serie. Pero todo eso, en lugar de causarnos pavor, nos daba alas para querer ir a inspeccionar qué de verdad había en esos chismes. Y, aunque alguna vez lo intentamos, nunca nos atrevimos a traspasar el umbral de una casa que considerábamos maldita. Al menos eso era lo que todos confesábamos con rubor ante los demás.

Hoy, después de tantos años, la promesa que selló mis labios se ha roto y por fin puedo relatar la verdad del misterio que rodeaba al señor Forcadel.

Una tarde de domingo en la que me aburría mientras mis padres dormían la siesta, salí a jugar a la pelota. Mientras me dirigía al parque, iba dando pataditas al esférico por la calle. Sin embargo, un golpe mal dado provocó que la bola equivocase su trayectoria e impactara contra una de las ventanas de la casa maldita. Mis ojos se abrieron como platos ante semejante panorama.

Admito que no soy nada valiente, de hecho, estaba muerta de miedo, y si la pelota hubiese sido mía la hubiese dado por perdida inmediatamente. Pero no, era de unos de mis amigos y debía devolvérsela. Así es que, atenazada por el pánico, me acerqué temblorosa al cristal roto con la intención de sacarla por el hueco que había dejado. Miré hacia el interior lo suficiente para comprobar que la dichosa bola estaba ahí, e introduje mi brazo a través del orificio para recuperarla lo más rápido posible y huir de allí cuanto antes. Sin embargo, la suerte no estaba ese día de mi parte, y mi poca precaución provocó que me clavase el cristal quebrado en la piel. Aun peor, al mover mi extremidad, el dolor fue tan intenso que emití un agudo chillido malsonante. Al ver fluir la sangre por mi brazo, perdí el conocimiento.

Me desperté entre ligeras tinieblas en un lugar desconocido. Estaba tumbada sobre un sofá, pero ni era mi casa ni conocía ese mueble. La habitación en la que me hallaba permanecía en penumbra y el silencio ocupaba todo el espacio. Me incorporé algo aturdida, pues, además del brazo, me dolía ligeramente la cabeza. Pude comprobar que mi herida había sido limpiada y vendada y que ya no manaba más sangre de ella. No obstante, me preocupaba no saber dónde me hallaba.

De repente, escuché que unos pasos lentos y pesados se acercaban a donde yo estaba. Me giré y vi a un hombre bastante desaliñado que se dirigía hacia mí con algo en las manos. Creí que me iba a desmayar de nuevo. ¡El psicópata asesino me había secuestrado y me iba a torturar! Intenté gritar, pero estaba tan asustada que de mi boca no brotó ningún sonido. Me encogí sobre mí misma y esperé aterrorizada mi fatídico fin.

El señor se acercó, se sentó a mi lado y me sonrío.

—Veo que ya te has despertado, granujilla ¿Te duele algo? Te diste un buen golpe en la cabeza al caer y el corte del brazo a buen seguro te dejará una bonita cicatriz. —me dijo señalando mis magulladuras.

Yo estaba tan amedrentada que era incapaz de contestar. Mis ojos lo miraban tan asustados que el anciano se compadeció de mí.

—No temas —, me aclaró—. No voy a hacerte daño. Si no, no te hubiese curado la herida. Anda, tómate este analgésico para que se te pase el dolor de cabeza.

Me alargó una pastilla y un vaso de agua y lo tragué todo obediente. No quería contradecirlo, por si acaso. Me animó a marcharme a casa si ya me encontraba bien, cosa que agradecí, pues aún dudaba de su hospitalidad y su bonhomía, y de un salto me levanté para dirigirme a la puerta más cercana. Iba rauda hacia la salida cuando me detuvo. Me giré acobardada esperando cualquier desgracia; no obstante, el hombre estiró el brazo y me dio la pelota. La cogí con rapidez y hui de allí despavorida.

En casa, claro, estaban preocupados por mi tardanza y su susto aumentó al verme llegar con el brazo vendado. Yo le quité importancia al asunto y evadí dar explicaciones concretas de lo sucedido; sabía que si les decía la verdad, se enfadarían conmigo.

Esa noche no pude conciliar el sueño. Los acontecimientos que había vivido habían sido terribles a mis ojos infantiles, es cierto; pero lo peor de todo había sido que yo me había portado fatal. Había sido una auténtica maleducada, porque ni me había disculpado por el estropicio ocasionado, ni había dado las gracias por el auxilio recibido. Aunque me costara, debía enmendar mi error. Y así lo hice.

Al día siguiente me acerqué de nuevo temerosa a la horrible casa. Estaba intentando decidir cómo llamar a la puerta cuando esta se abrió. El señor Forcadel me recibió con una sonrisa saludándome:

—¿Cómo estás hoy, pequeña granujilla?

Sin levantar la mirada de mis zapatos y más colorada que una grana, le solté la retahíla de disculpas que había aprendido de memoria antes de ir allí. Las frases me salieron algo atropelladas, pero resultó. El hombre me removió el pelo, le restó importancia al asunto y me regaló una bola de chicle grande, de las que más me gustaban. Estaba orgulloso de mí, enfatizó, y me animó a volver allí cuando quisiera.

Si hubiese hablado de esto a mis padres o a mis amigos, todos me hubiesen dicho que pretendía engatusarme para luego secuestrarme, robarme los órganos o enterrarme en el sótano. Por eso no conté nada a nadie. A partir de ese día, empecé a pasar tiempo con el señor Forcadel. Me contaba anécdotas de sus viajes, me enseñaba álbumes de fotos, me prestaba libros de aventuras, resolvía mis dudas del cole y merendábamos juntos. A veces yo lo ayudaba a limpiar, porque padecía artritis y sus manos ya no funcionaban tan bien. Lo cierto es que nos hicimos grandes amigos; tanto que un día, sin que yo se lo pidiese, me relató su historia.

—Yo era un hombre de mundo. Provengo de una adinerada familia dedicada al comercio, por lo que viajaba por todos los continentes entablando negocios. Nunca me faltó de nada, vivía en la opulencia y disfrutaba de la vida, y tuve la suerte de conocer a una mujer hermosa que se enamoró de mí. Ella era una virtuosa del piano y yo adoraba escucharla. Éramos muy felices y disfrutábamos de nuestra vida juntos, hasta que un infausto día todo cambió.

«Los médicos le diagnosticaron a mi mujer una grave enfermedad que la iría deteriorando poco a poco. Ambos nos sumimos en la tristeza sin saber qué hacer. Yo quería recorrer el planeta buscando a alguien que pudiese curarla, pero los especialistas lo desaconsejaron. Mi esposa, que asumió su realidad antes que yo, solo me pidió una cosa. Quería alejarse de todos sus conocidos para que no la viesen marchitarse. También pretendía separarse de mí, mas no se lo permití; me negué a que aguardase sola la llegada de la parca.

«Por eso nos mudamos aquí, vinimos a este pueblo para pasar lo que le restaba de vida en paz. Y así lo hicimos. Sin visitas, sin salidas y sin tener que escuchar las condolencias de los demás. Hasta que una triste tarde ella no resistió más y su alma la abandonó. Tuve que sacar el coche y trasladar su cuerpo exánime al lugar en que debía ser enterrado. Luego regresé a esta casa, solo y abatido, a convivir con sus recuerdos esperando el momento de reencontrarla.

Sus últimas palabras habían quebrado su voz. Enormes lágrimas brotaban de sus ojos y los míos, cómplices, también las dejaron escapar. Tantas habladurías y chismorreos, y lo que se ocultaba en esa vivienda era una desconsolada historia de dolor. Me acerqué a él y lo abracé con fuerza.

Lloramos juntos durante un buen rato, hasta que el señor Forcadel se separó despacio, enjugó sus párpados, bebió un poco de agua del vaso que tenía a su lado y se recompuso lo mejor que pudo.

Me confesó entonces que le había hecho mucho bien haber sacado esa historia de su pecho y me dio las gracias por haberlo escuchado. Eso sí, me hizo prometer que nunca revelaría sus palabras hasta que él hubiese muerto.

Por eso hoy, que hemos depositado su cuerpo en el cementerio municipal, puedo narrar la verdadera y triste historia del señor Forcadel.

Sobre dos ruedas

Cada día salgo con mi bicicleta durante al menos una hora. Voy generalmente por las carreteras de mi entorno, aunque a veces me desplazo a otros lugares para variar el trayecto y no aburrirme. En alguna ocasión también me aventuro a pedalear por pistas de tierra y a hacer descensos vertiginosos por zonas montañosas que producen un buen chute de adrenalina.

Ser ciclista tiene sus complicaciones. Los días de lluvia, por ejemplo, pueden ser peligrosos porque es frecuente patinar en el asfalto mojado y caer. Tampoco es cómodo circular por la ciudad, ya que debes estar atento a los semáforos, los vehículos y los peatones, que a veces se cruzan sin mirar. Por vías muy transitadas la situación se complica, pues solemos ser considerados un estorbo para algunos conductores. Las carreteras que serpentean por las montañas nos encantan por el paisaje que ofrecen, el reto que supone culminar el ascenso y la diversión de descender la cima a la mayor velocidad posible; eso sí, a veces tenemos verdaderos encontronazos en las curvas con vehículos cuyo trazado se excede de los límites de su carril, y el susto, como mínimo, no te lo quita nadie.

A mí me agradan las carreteras secundarias porque suele haber poco tráfico y el peligro es menor. Aun así, un ciclista es muy frágil en cualquier vía. Cuando voy sola suelo ponerme ropa llamativa para que los que circulan cerca de mí puedan distinguirme con la suficiente antelación. Sin embargo, cuando vamos varios nos apiñamos para ser más visibles, aunque algunos se quejen y nos griten desde la ventanilla que vayamos en fila india. Hay que ver los insultos y comentarios que recibimos los ciclistas cuando transitamos. Y cuando pedalea una chica, la cosa se pone aun peor. Todavía quedan brutos a los que educar.

La verdad es que los conductores cada vez están más concienciados de la fragilidad de una bicicleta, esperan pacientes el espacio suficiente para adelantarnos y lo hacen dejando la distancia adecuada para no hacernos caer. Aunque no todos son así; hay quienes, además de soltarte cualquier improperio, te adelantan a gran velocidad sin apartarse lo suficiente, como acaba de hacer el imbécil que pasó a mi lado hace un momento y me lanzó al arcén del golpe que me propinó. El coche frenó un instante al notar el impacto, pero ha vuelto a acelerar y me ha dejado aquí sola, tirada, con un acre sabor a sangre espesa en la boca y el cuerpo desmadejado e inútil sobre el asfalto. Lucho por mantener mis párpados abiertos, pero ellos únicamente quieren descansar. Y entre la niebla oscura que me va cegando, solo acierto a ver la rueda trasera de mi bici girando sin parar.

Los delitos se pagan

El agente no se percató de su llegada hasta que carraspeó ante el mostrador de información. Cuando levantó la cabeza, el policía se encontró con una magullada cara de mujer joven que intentaba hablar lo mejor que podía al tener el labio roto e hinchado. Para sacar su documentación, apoyó el bolso sobre la tabla y el agente pudo contemplar diversos golpes y hematomas en sus brazos. Además, cojeaba e iba acompañada de un bastón para poder andar, pues tenía una rodilla vendada y numerosas contusiones. A pesar de todas las heridas, la muchacha le resultaba ligeramente familiar, algo en ella le traía un recuerdo bastante difuso que era incapaz de situar ni en el espacio ni en el tiempo. Quizá se la había cruzado alguna vez en la calle o habían coincidido en la cola del supermercado. En una ciudad tan grande las coincidencias podían ser múltiples o ninguna.

"¿Quién habrá sido el hijo de puta que le habrá hecho eso?", pensó el agente mientras tecleaba el carnet de identidad y buscaba el número de su expediente. Estaban cansados de recibir llamadas de urgencia en las que pedían ayuda para alguna mujer que estaba siendo golpeada por su pareja. Acudían lo más rápido que los vehículos oficiales les permitían, pero en ocasiones llegaban tarde y la agredida ya había fallecido, mientras que el abusador había huido o, muerto de miedo, se había suicidado. Solían ser tipos inseguros, acomplejados, que solo sabían utilizar la fuerza porque no valían para nada más. Y lo peor era que a veces ellas los protegían y no denunciaban.

La mujer que estaba ante él solicitaba información sobre su caso; quería saber si habían averiguado algo. "Pescaremos a ese cabrón y lo haremos pagar por lo que te ha hecho", se prometía el policía para sí mirándola de soslayo. No podía ser tan explícito con el público, debían guardar las formas y no atizar más la rabia o el rencor de las víctimas.

Por fin, en la pantalla apareció el nombre de la mujer con el número de su expediente. El asunto lo llevaba Zárate, un agente con escasa experiencia y que tenía fama de ser algo despistado. El policía empezó a leer la información disponible. Se sorprendió al comprobar que no se trataba de un caso de malos tratos, sino que la joven había sido atropellada por un vehículo sin identificar que se había dado a la fuga. Había sido de noche, a eso de las doce, cuando ella regresaba andando a su domicilio desde su trabajo en un restaurante. Miró la fecha, el 6 de febrero.

Esa noche él había tenido bronca con su novia. La chica se había largado de casa acusándolo de mil impertinencias. Cuando ella dio un portazo, él respiró profundamente durante unos segundos para tragarse la rabia y corrió tras ella. Al llegar a la calle estaba lloviendo con intensidad, así es que fue a buscar su coche para recoger a su novia y evitar que se mojara. Tal vez así pudieran arreglar las cosas y olvidar la discusión. Mientras conducía, la atisbó corriendo sin paraguas por la acera a una decena de metros. Ella se detuvo junto a un auto desconocido, un hombre le abrió la puerta y, tras cubrirla con su chaqueta, ella subió a su vehículo y desapareció con él.

Estaba tan aturdido que no se dio cuenta de que estaba parado en medio de la calle hasta que la bocina de un taxi lo despertó de su ensimismamiento. La sorpresa dio paso a la incredulidad y esta, a la rabia. Vagó sin rumbo por la ciudad hasta que decidió entrar en un bar a tomarse una copa y recuperar el ánimo. Como la primera no surtió el efecto deseado, bebió una segunda, luego una tercera y continuó hasta que perdió la cuenta. Decidió irse cuando ya no era capaz de sostenerse en la banqueta de la barra. Pagó su cuenta y se marchó. La fuerza del chaparrón había sido sustituida por una ligera llovizna. Tras deambular un rato encontró su coche aparcado junto a la acera. Le costó entrar en él e introducir la llave en el contacto, pero logró arrancar y se fue a casa a dormir.

El informe señalaba que la mujer estaba cruzando un paso de peatones cuando un automóvil sin identificar, que iba con los faros apagados, la embistió sin tan siquiera intentar frenar. Nadie había visto nada y la atropellada era incapaz de dar datos sobre el vehículo dada la escasa luz del momento.

Un incómodo desasosiego se instaló en el agente. No quería levantar la vista para ver la cara de la mujer y que esta le confirmara lo que acababa de empezar a sospechar. No recordaba nada de esa noche, había bebido demasiado, pero una imagen fugaz se movía por su cabeza: la oscuridad, la eterna llovizna, una cara asustada mirándolo a través de un cristal y un golpe que no supo identificar pero que retumbaba en sus sienes.

Sin mirarla directamente, le comunicó a la atropellada que Zárate estaba ausente y que no había nuevos datos sobre su caso. Le recomendó que, en su estado, no se molestase en acudir de nuevo a la comisaría, que mejor descansase en casa, y que la llamarían por teléfono en cuanto las pesquisas dieran resultado. Ella se despidió dándole las gracias mientras el policía borraba el número de móvil de la víctima de su expediente. En cuanto terminase su turno, llevaría su coche al taller de chapa de siempre.

Pájaros[3]

Hoy la maestra nos habló de cómo viven los pájaros. A mí me gustan mucho estos animales porque son libres y vuelan por donde quieren. Le pregunté a la maestra por qué las personas no podemos volar y me contestó que, aunque no tengamos alas, podemos volar con la imaginación. Eso no lo entendí muy bien, pero no dije nada para que no piensen que soy tonto.

La maestra nos explicó que hay pájaros que siempre viven en el mismo sitio y otros que vuelan muy lejos para sobrevivir. Son los pájaros migratorios. Durante los meses más cálidos permanecen en el norte de los continentes donde construyen sus nidos y ponen huevos que incuban hasta que nacen sus crías. Los polluelos tienen que aprender muy pronto a volar porque cuando el clima se vuelve frío, los pájaros, reunidos en enormes bandadas, viajan hacia el sur del planeta buscando zonas más cálidas en las que refugiarse y encontrar alimento durante el invierno. El camino es largo y peligroso, pero ellos se ayudan entre sí para llegar sanos y salvos al sur, donde son bien recibidos por los otros animales.

He estado pensando en los pájaros migratorios y creo que los animales son más humanos que las personas, porque acogen a los que vienen de lejos sin pedirles papeles ni cuestionarse su color, su raza o su origen. Pero no voy a decir nada para que no piensen que soy tonto.

---

[3] Finalista del II Concurso de Microrrelatos "Escribir por derechos" convocado po Amnistía Internacional Madrid, 2015.

Amigos hasta la muerte

Ven aquí, Jack, siéntete a mi lado. ¿Qué te parece? Hoy no hemos tenido un buen día, no se nos ha dado bien el trabajo. Tendremos poca cosa para cenar. Ya sé que a ti te gustaría un buen chuletón, pero nos vamos a conformar con algo más ligero. Hoy la gente iba con prisa por la lluvia, querían llegar pronto a sus casas para resguardarse del mal tiempo y sus paraguas y sombreros no les permitían mirar a su alrededor. Mañana será otro día, ya verás, y nos irá mejor. Quizá hasta esos nubarrones oscuros se alejen y permitan salir el sol. De momento, esto es lo que hay.

¿Tienes hambre? No te preocupes, aquí tengo algo de jamón para ti. Yo me quedo el pan, que sé que te gusta menos. Al menos el bocadillo no se ha mojado demasiado. ¡Que aproveche, compañero!

Estás empapado, como yo. Deberíamos tomar algo para entrar en calor. ¿Te apetece un trago, colega? A ti con agua te vale. ¡Qué barato me sales, chico! Yo me beberé unos sorbos de alcohol para que se me seque la humedad de los huesos. ¡A tu salud, Jack!

¡Qué grande eres, amigo! Si no fuera por tu compañía yo no sé lo que hubiera sido de mí. Me has ayudado mucho, ¿sabes? Antes de encontrarte yo estaba solo, no tenía con quién hablar ni con quién compartir mis momentos. No sabía qué hacer con mi vida. Pero desde que tú estás, tengo algo de lo que preocuparme y eso me da ganas de seguir adelante. Chico, eres lo mejor que me ha pasado en la vida. ¿Otro sorbo, Jack? La noche lo merece.

Acércate más. Parece que baja la temperatura y lo mismo puede nevar. Ven aquí, pégate a mi lado, que estoy sintiendo escalofríos. ¿Notas más calor? Yo sí, gracias a ti. Me está entrando sueño. Me pesan los ojos y me duele la cabeza. ¿Habrá sido el mal vino ese de cartón? Descansa y duerme, amigo; yo te abrigo con este ardor que me está subiendo. Ya sé que aun así estás atento a lo que pueda pasar y me avisas. ¡Te debo más de una, eh! ¿Recuerdas aquella vez que estábamos en un cajero y entraron tres golfos a agredirme? Tú los asustaste y los echaste de allí. Venían tan gallitos y se fueron corriendo muertos de miedo. ¡Je, je, je, je! Yo no me olvido de eso, no te creas.

Déjame abrazarte, Jack, que noto que me alejo y quiero sentir que estás ahí, cuidándome. Me gusta tener tu hocico cerca de mi cara y que me lamas de vez en cuando. Tranquilo, muchacho, estoy contigo. Mañana, si amanece, será otro día.

Con todos los sentidos

Voy a abrir la lata yo solo, sin contar con nadie ni avisar a los otros. Es pequeña, redonda, achatada y está algo oxidada por los bordes, aunque eso no le resta valor. La encontré no sé muy bien cómo, pues todo ha sido registrado con minuciosidad e incluso con violencia cientos de veces; sin embargo, estaba allí, en el altillo de un armario, dentro de una vieja mochila de campamento, en un reducido bolsillo interior casi imperceptible, y pesaba tan poco… ¡Quién iba a pensar que en un dormitorio podría encontrar algo así! Todos van directamente a las cocinas o a los sótanos, ya que algunos los utilizaban para conservar víveres, y levantan hasta los tablones del suelo. El resto de las habitaciones de las casas solo son útiles para encontrar ropa, y ya tenemos bastante incluso para hacer canjes con otros posibles grupos o con los contrabandistas que la aceptan.

Si se lo digo a los otros tendré que compartir esta insignificancia con ellos, o peor aun, pueden surgir disputas para decidir quién debería quedársela. Además, tampoco los conozco tanto, nos hemos ido encontrando poco a poco a medida que avanzábamos por los caminos desiertos, evitando los depredadores de las carreteras principales, que saquean todo aquello que hallan a su paso. Nadie lo va a notar, de un solo bocado puedo acabar con el contenido de esta minúscula lata, esa joya que me ha sido legada a mí, para que solo yo pueda disfrutarla y saborearla.

Debo actuar con rapidez, si tardo mucho sospecharán de mí. Podría llevármela conmigo y degustarla más tarde, pero estos perros que me acompañan tienen el olfato muy agudizado por la necesidad y son capaces de oler comida a cientos de metros. La detectarían y me la quitarían, y seguro que me darían una paliza por haberla ocultado. Podrían incluso matarme por ello, aunque no se atreverán porque soy el único que sabe encender fuego sin cerillas ni mecheros y no pueden prescindir de alguien tan útil.

La suerte está de mi parte, pues no solo he encontrado un tesoro enlatado, sino que la apertura es abrefácil, una hermosa anilla sirve de tirador para extraer la tapa metálica. No necesito pedir el abrelatas al líder del grupo, que es quien lo custodia para controlar el consumo de cualquiera de los demás y siempre exigir algo a cambio de su uso.

Introduzco mi dedo índice dentro de la pequeña anilla metálica. Mis papilas gustativas se activan incluso antes de que empiece a tirar de ella. Presiono ligeramente el dedo hacia atrás y tiro despacio, casi con miedo; sin embargo, la lata está tan oxidada que no consigo desprender su cobertura. Tengo miedo de romper el aro, pero la ansiedad se apodera de mí e imprimo toda la fuerza a mi índice, que de un solo tirón arrastra el fino metal hacia atrás tan rápido que este corta la base de mi pulgar. Me muerdo los labios para no exhalar ningún grito que pueda alertar a los otros. El tajo ha sido delicado pero doloroso, como el que provoca un cándido folio. Inmediatamente empieza a manar un delgado hilo de sangre a lo largo de la fina incisión que se desliza suavemente y tiñe poco a poco de granate la palma de mi mano. Mientras, un agradable aroma escapa tímidamente del interior del minúsculo recipiente metálico.

De repente, un agudo silencio parece haberse adueñado de la casa. Todo se ha detenido por un instante y la ausencia de cualquier ruido zumba con fuerza en mis oídos. Los activo al máximo intentando percibir cualquier atisbo de movimiento, pero no logro escuchar absolutamente nada. Pese a ello sé que se acercan. Despacio, muy despacio, con muchísimo sigilo se aproximan hacia donde estoy. Han captado el olor más rápido de lo que yo creía. Parecen sabuesos adiestrados para la caza. En realidad, son laceros que han agudizado sus sentidos para percibir de una manera primitiva todo lo que los rodea. Es cuestión de supervivencia. Muchos han perecido por no estar atentos, yo mismo lo he podido comprobar con mis propios ojos en más de una ocasión; por eso hay que aprender deprisa y unirse a grupos, porque o eres uno de los cazadores, o te conviertes en su presa.

Escucho el crujido de un peldaño. Parece mentira que una insignificante lata de mejillones tenga tanto poder. Ligeras pisadas amortiguadas por la alfombra se suceden. Y pensar que antes de que todo sucediera no me gustaban los mejillones. Esta habitación está al fondo. Ahora estos moluscos son un manjar para mí y para cualquiera. Se acercan con cautela. El mar está contaminado y se han extinguido todas las especies marinas. Escucho un ligero roce en la pared del pasillo. En tierra la mayoría de animales murieron por los efectos tóxicos o fueron devorados en las primeras semanas. Van abriendo con cuidado las puertas que encuentran a ambos lados. Los campos ardieron desde la primera explosión y los incendio asolaron todos los cultivos. Están tras la puerta de esta habitación. La tierra está yerma. Percibo su olisqueo a través de la madera. El agua no es potable. Sus respiraciones se aceleran al otro lado. El aire es casi irrespirable. Van a entrar, sé que van a entrar. No hay leyes ni justicia que rijan a los supervivientes. La manecilla baja despacio, muy, muy despacio. Ya no hay ningún dios que nos asista. La puerta se abre de golpe. No siguen adelante los más fuertes, sino los más listos. Entra la jauría a arrebatarme mi tesoro.

Extiendo mi mano hacia ellos sosteniendo la pequeña lata de mejillones abierta con la esperanza de que me perdonen con esta ofrenda. Sus ojos desorbitados se posan en ella. Una diminuta gota de sangre rueda por mi muñeca y cae al vacío lentamente. Su impacto contra el suelo hace caer sus miradas. Debo frenar la hemorragia, no debe manar más sangre. Olfatean. Cambio la lata de mano. Sus ojos siguen mi movimiento. Llevo mi corte hasta mi boca y chupo para detener el flujo. Me observan y se relamen con sus lenguas golosas. Al sentir la sangre en mi boca mis papilas se activan. Se acercan, se acercan cada vez más. La sangre tiene un sabor a metal frío. Hago un gesto con la mano en la que sostengo la minúscula lata para llamar su atención hacia ella. Un regusto agradable desciende por mi garganta. Ninguno hace caso a los tristes mejillones. Miro mi incisión. Se aproximan más a mí y a mi mano herida. Quiero volver a saborear mi pequeño corte. Ellos también. Se abalanzan sobre mí. Abren sus fauces sobre mi brazo. Entiendo por qué desprecian los viejos mejillones de la lata oxidada. Yo también lo haría.

Desmaquillarse

Sale del trabajo a la hora habitual y camina con paso apresurado para llegar cuanto antes a su casa. Mientras anda por la calle, sonríe porque aún es de día y el sol de la tarde, que atraviesa las ramas de los árboles, llena de matices alegres el suelo. En el transporte público observa a otras personas de manera indirecta, para que no noten que su mirada se posa en ellos, pues no quiere parecer indiscreta, solo los mira e imagina cómo pueden ser sus vidas.

Su paso se ralentiza a medida que se acerca a su edificio. Entra en el portal y, al pasar junto a él, echa un vistazo por si hay algo en su buzón, pero como no cuenta con el llavín para abrirlo se abstiene de mostrar demasiado interés. Toma el ascensor y pulsa el botón que la conduce con rapidez a su piso. A veces, cuando llega más temprano, sube peldaño a peldaño la larga escalera que lleva a la cuarta planta, alargando así el tiempo que la separa de atravesar el umbral.

Saca las llaves del bolso, abre la puerta con cautela y entra en su vivienda. Dentro se escucha el silencio y eso la tranquiliza. Cuelga el bolso, el pañuelo que rodea su cuello y su abrigo en el perchero de la entrada como hace cada día. A continuación, se quita los zapatos de breve tacón y los guarda antes de ponerse unas pantuflas de andar por casa.

Se dirige al baño y se coloca ante el espejo para desmaquillarse con la rapidez que otorga la práctica. Se despide de esa imagen ficticia que ve reflejada antes de humedecer un disco de algodón y pasarlo por sus ojos, apretándolo con cuidado para extraer toda la pintura. Lo mismo hace con sus labios y luego con su fina tez. Bajo la capa de maquillaje que elimina aflora el color de su rostro: morado en torno a un ojo, granate en el labio superior, amarillento desvaído en un pómulo… A medida que surge la realidad de sus facciones su expresión se va marchitando, y de la alegría primigenia con la que inició la vuelta a casa ya no queda ni un vago recuerdo.

De repente escucha el sonido de una llave girando en la cerradura. Ella se sobresalta y lava con rapidez su cara antes de ocultar los restos de su purga facial en la papelera. Su cuerpo se estremece al escuchar un golpe sordo con el que se cierra la puerta y se inicia su calvario.

Relaciones 2.0

Se conocieron a través de una página de contactos de Internet. Los motivos que los habían animado a entrar en ese mundo eran diversos: timidez, aburrimiento, falta de tiempo o de oportunidades, curiosidad... Él se registró por propia iniciativa; ella, porque la animó una amiga. En ambos casos habían escuchado comentarios muy críticos sobre este tipo de relaciones, pues en ellas solo participaban personas desesperadas, sádicos, mentirosos o gente que estaba mal de la cabeza. Aun así, decidieron probar suerte, crearon su perfil y se lanzaron a la aventura.

Tras varios intentos infructuosos que no les aportaron más que dudas sobre el asunto, se encontraron entre el maremágnum de nombres y caras que se les ofrecían. Se saludaron como hacían con el resto y empezaron a intercambiar las habituales preguntas y respuestas de los inicios. Vieron que la conversación fluía y se lanzaron a chatear.

Parecía que entre ellos había conexión: hablaban, se reían, bromeaban, compartían gustos y aficiones. Se entendían tan bien que se les iban las horas conversando sin que se percataran del transcurrir del tiempo. Tras las conversaciones iniciales, profundizaron más en cada uno, se abrieron a la otra persona y trataron asuntos más trascendentes en los que no siempre estaban de acuerdo, aunque estas diferencias tampoco los alejaban.

Así, pasaron de charlas inocuas a otras más comprometidas en las que revelaron verdades ocultas, hicieron confesiones íntimas y se retorcieron de pasión mediante las palabras.

Llegados a este punto, decidieron encontrarse cara a cara por primera vez. Ya estaba bien de poner una pantalla entre ellos como máscara o escudo protector. Había quedado claro que el vínculo creado era satisfactorio y debían culminarlo viéndose en persona. Las fotos ya no eran suficiente, necesitaban mirarse a los ojos, rozarse con la punta de los dedos, tocarse, palparse acariciarse, abrazarse, estrujarse, saborearse... Urgía un contacto más humano que los ayudara a aceptar que esa felicidad que estaban viviendo era real.

Quedaron en una cafetería céntrica. Para empezar, era mejor algo breve, tomar un café o una bebida ligera. Luego, lo que surgiera; se dejarían llevar por sus pasiones o intenciones. Y el encuentro se prometía largo, pues así eran sus charlas a través de la red.

A la hora convenida ella llegó al lugar designado. Se había arreglado con esmero, no quería defraudar en ese primer encuentro. Sin embargo, las piernas le temblaban ligeramente y el corazón le palpitaba con fuerza. Habían intercambiado muchas fotos, conocían todos sus gustos y aficiones, la comida que preferían y la que odiaban, la música que escuchaban, las películas que adoraban y los autores que leían. Pero el miedo la hacía dudar. ¿Y si al verlo físicamente no le gustaba? ¿Y si a él no le gustaba ella? ¿Y si él en realidad era un viejo baboso que se había hecho pasar por alguien más joven? ¿Y si todo había sido una broma pesada de la amiga que la había animado a entrar en ese mundo? Peor aún, ¿y si él se había echado atrás y no había acudido a la cita? ¿No sería mejor darse la vuelta y huir antes que enfrentarse a una enorme desilusión? Respiró hondo, se armó de valor y atravesó el umbral del local.

Caminó despacio entre las mesas mirando con disimulo y cierta ansia a sus ocupantes intentando aparentar seguridad. A unos pasos de ella distinguió una cara que le resultó familiar y que le devolvió una sonrisa. Era tal como lo esperaba, sus fotos no mentían. Él se levantó para recibirla. No supieron muy bien cómo saludarse, si darse un apretón de manos, un beso en la mejilla o dos. Al final un recíproco hola zanjó la bienvenida. Se sentaron e intentaron acomodarse. El camarero acudió raudo a atenderlos y ellos pidieron un par de cañas. Hacía calor fuera y ellos tenían la lengua seca de los nervios.

Se miraban. Se sonreían. El camarero les trajo las bebidas. Brindaron con alegría. Dieron un primer sorbo a las cervezas. Se volvieron a mirar. Se sonrieron de nuevo. Se encogieron de hombros. Volvieron a sonreír. Dirigieron sus miradas hacia alguien que pasó junto a su mesa hasta que se ocultó tras la puerta de los aseos. Cogieron el vaso y se lo llevaron a los labios para beber un poco más. Sus ojos se encontraron. Florecieron sonrisas en sus bocas y de una de ellas brotó una ligera risa. Hicieron un ademán por acercar sus manos, mas no tenían costumbre de contacto físico y no supieron cómo hacerlas coincidir. El tiempo avanzaba lento y pesado y el silencio ocupaba todo el espacio que los separaba.

De repente él sacó su teléfono móvil. Las alarmas se despertaron en ella, que miró con cara de asombro y pánico los movimientos de su interlocutor. Su móvil vibró ligeramente, le había quitado el sonido para que nada interfiriera en su primer encuentro. Ella lo sacó del bolso sin disimulo, pues a estas alturas ya poco importaba. En su pantalla se distinguía un mensaje de él. La saludaba y le preguntaba cómo estaba. Ella sonrió y le escribió su respuesta. Él la recibió con regocijo y le contestó a sus palabras.

Así siguieron durante largo rato, hasta que la primera caña fue sustituida por la segunda y esta también se agotó. Sus dedos corrían raudos por los teclados y no paraban de hablar. Se sentían muy bien así, juntos. Entre ellos había algo especial, muy parecido al amor, que siguieron compartiendo, eso sí, siempre a través de una pantalla.

El zumbido de la colmena

A mis alumnos de 2º de ESO

Cada mañana he de acudir a la colmena. Voy por obligación, no voy a mentir, aunque lo cierto es que se ha convertido en un placer visitarla. Recuerdo que el primer día me planté allí recelosa, con todas las protecciones posibles, pues temía el posible aguijoneo de algún abejorro pícaro; mas la experiencia fue tan grata que a partir de ese instante aguardo alegre el reencuentro.

A medida que me acerco, el sonido del enjambre va en aumento. Las pequeñas abejitas me reciben revoloteando alegres a mi alrededor. Portan mil historias que contarme, anécdotas que compartir y sorpresas con que dejarme boquiabierta. Sus aleteos infantiles me arrancan una sonrisa y me animan a disfrutar de su júbilo y felicidad. Son cariñosas, sinceras y alegres y contagian a cualquiera sus ganas de vivir.

En la colmena hay todo tipo de insectos. Hay abejas laboriosas, que trabajan infatigablemente y nunca se quejan de nada; hay carpinteras, que interrumpen en cualquier momento para llamar la atención; hay despistadas, que suelen olvidar cuándo les toca laborar; hay zumbonas, que no paran de hablar, hablar y hablar; hay tímidas, que no se atreven a volar; hay tristes, que creen ocultar su dolor tras una débil máscara de papel; hay abejorros, que a veces se ponen tan pesados que hay que hacerlos frenar; incluso hay más de una reina que quiere dominar a los demás.

El enjambre es numeroso y activo, por lo que a veces cuesta que esté en orden y se ponga a trabajar. El zumbido de la colmena en ocasiones aumenta tanto que su estridencia llega a molestar. Sin embargo, cuando se ponen a ello, elaboran la miel más dulce que se puede saborear.

Mis pequeñas abejitas tienen trece años y cada mañana me regalan sus sonrisas cuando les voy a enseñar.

Miedos reales[4]

Sus miedos acechan al amanecer. Desde que los primeros rayos solares asoman por oriente, un estremecimiento se adueña de su cuerpo y su piel se eriza al contacto con la luz. ¿Acaso no habría que temer a la noche como nos han advertido siempre? Tradicionalmente, las historias de terror se desarrollan en lugares lúgubres, siniestros, donde la oscuridad cobra protagonismo y se adueña de todo. Sin embargo, no es su caso, sus peores terrores despiertan al abrir sus ojos.

Le cuesta levantarse y superar el pavor del día a día. Su primer enemigo es el espejo, que lo enfrenta a su *doppelgänger*. Se mira en ese objeto demoniaco y solo ve defectos, malformaciones, errores genéticos. Intenta evitar el contacto visual, pero sus ojos se sienten atraídos por la magia negra de la curiosidad, y cae en la trampa del reflejo. Cada mañana decide acabar con él y hacerlo añicos de un certero golpe. Empuña el arma con rabia, mas no se atreve; teme las consecuencias.

La cocina está repleta de pócimas venenosas creadas por magos malignos que teme ingerir. ¿Quién sabe con certeza lo que realmente desciende por su garganta? ¿Alguien asegura que esa ponzoña no nos transformará en seres mutantes?

El armario es un ataúd lleno de sudarios con los que ha de camuflarse para no atraer a los monstruos. Se oculta con colores neutros, cuellos cerrados y cortes amplios que disimulen sus formas humanas.

Antes de abandonar la protección de su guarida respira profundamente. Los peligros aguardan al otro lado de la puerta. Ahí fuera, el mundo está plagado de hechiceros maliciosos, brujas de afilada lengua viperina, fantasmas que aparecen en el momento más inesperado, monstruos que desgarran miembros a dentelladas, antropófagos que desean devorar cuerpos, dragones que exhalan fuego helado, tiranos inseguros que abusan del poder de su cargo, ogros de fétido aliento que vomitan horribles palabras, gigantes con cerebros de mosquito que pisotean a los que se hallan a su

---

[4] Segundo premio en el IV Concurso de cuentos cortos del CEP Norte de Tenerife, 2017. Publicado en la revista *Davalia V.*

alrededor, vampiros energéticos que se nutren de la sangre de sus víctimas, lobos feroces que atacan a niños porque no se atreven con adultos, payasos diabólicos que disfrutan haciendo llorar, hijos de Satanás que crean infiernos en nombre de la fe, reyes midas que convierten en fraude todo lo que tocan, muertos vivientes trufados de drogas y soledad...

Desciende con miedo los peldaños que distan de la batalla que ha de librar contra el mal. Ese es el temible mundo en el que ha de habitar. Los malos de los cuentos son pura ficción infantil. Los verdaderos héroes son los que sobreviven cada día en la jungla de la realidad.

Alas de papel

Esta vez se encontraron en una cafetería céntrica. Mientras tomaban sus consumiciones charlaban animadamente de lo que los unía y provocaba sus encuentros: lecturas y más lecturas que intercambiaban cada vez que alguno de los dos reclamaba nuevas historias que devorar. Se pasaron sendas bolsas con los últimos libros que se habían prestado. Cada uno comentó qué títulos los habían cautivado más y cuáles los habían dejado impasibles. Ella resaltó uno sobre los otros, un viejo ejemplar encuadernado en piel que estaba algo ajado por el paso del tiempo y cuya reducida letra no era apta para quienes se adentraban en la presbicia; eso sí, la historia que narraba, todo un clásico, era fascinante. Tras un leve saludo de despedida, ambos se alejaron con la promesa de un futuro reencuentro.

Al llegar a su casa, el hombre se acercó a su biblioteca. Una habitación de su casa se hallaba empapelada de estanterías habitadas por todos los libros que estas eran capaces de albergar. Fue sacando cada obra de la bolsa y rellenando los huecos que mediaban en las abarrotadas hileras de lomos de colores. Sin embargo, al extraer el último, no halló espacio para él. El lugar del viejo ejemplar había sido ocupado por un moderna edición revisada e ilustrada en la que el tipo de letra era considerablemente mayor, "una joya editorial", le había comentado quien se lo regaló. El vetusto libro fue conducido sin piedad al sótano, donde se arrinconaban en cajas desprotegidas del efecto de la humedad aquellas obras desahuciadas por su dueño al carecer del necesario valor literario.

El viejo clásico se sentía humillado. ¿Por qué lo habían abandonado después de todos los buenos momentos que había brindado a sus lectores? Y lo más insoportable era la mala compañía en la que lo habían dejado, junto a insulsas y vacuas historias que no tenían nada interesante que decir y que habían sido relegadas al olvido sin tan siquiera concluir algunas de ellas. Miraba en torno suyo, leía los títulos entre los que se hallaba y su desilusión aumentaba. ¿Cómo podría soportar el resto de su vida rodeado de tanta incompetencia? ¿Merecía acaso tal desprecio? No podría vivir sin volver a ver la luz del sol, sin sentir la caricia de unos dedos suaves al pasar cada página, el abrazo del lector cuando lo apoyaba contra su pecho, el cosquilleo de la mirada avanzando por cada línea… Abatido, el veterano cerró sus cansados ojos en espera de la temida muerte a manos del voraz paso del tiempo.

Una tarde la mujer se llevó una grata sorpresa: en el alféizar de su ventana encontró el desgastado libro que su amigo le había prestado y que ella había valorado tanto. Se extrañó del lugar en el que lo había hallado, pero pensó que su dueño se lo habría dejado allí al pasar por su casa y no haber nadie en ella. Quizá se hubiese encaramado al árbol que había enfrente o lo hubiese lanzado desde abajo para asegurarse de que nadie se lo llevara.

Contactó con su colega para darle las gracias. Sin embargo, este se mostró confuso, no sabía de qué le hablaba ella. Él sabía que ese ejemplar lo había guardado en el sótano el mismo día que le fue devuelto y no lo había utilizado desde entonces. Aun así, para no contradecir el entusiasmo de su amiga, le restó importancia al regalo y se despidió de ella con bastante incertidumbre.

Bajó al sótano de su casa, removió el contenido de las cajas que permanecían apiladas contra una pared y buscó el clásico abandonado. Por más que abrió todas y revolvió lo que había dentro, no logró hallarlo en ninguna. Dudó de su propio recuerdo y revisó su biblioteca, mas tampoco lo encontró en este lugar. Cansado y aturdido prefirió obviar algo tan irrelevante como la desaparición de un libro viejo.

Unas semanas después empezó a escuchar extrañas conversaciones y comentarios que le devolvieron a la memoria el misterioso caso de su clásico, incluso leyó en la prensa un curioso artículo en el que se hablaba de ese tema. Según el texto, un número indeterminado de personas habían recibido en sus casas de forma inexplicable libros que habían leído en algún momento de sus vidas y que los habían enamorado. Al parecer, el único nexo común que los unía, pues pertenecían a diversas edades y residían en lugares distintos, era que ninguno de ellos resultaba ser el dueño inicial de los ejemplares, sino que los habían leído mediante préstamo, ya fuese de manos de algún conocido o a través de alguna biblioteca pública. Lo curioso es que no había sido denunciada la desaparición de ninguna de esas obras por sus dueños originales, fueran quienes fueran.

El hombre, de quien se había apoderado el virus de la curiosidad acudió a la biblioteca municipal en busca de posibles respuestas. Preguntó a encargado si habían detectado la ausencia de libros en sus estanterías. E interpelado lo miró de soslayo y le respondió que sus usuarios eran honrados y que estaba demasiado ocupado últimamente catalogando novedades como para cachearlos a la salida. No obstante, el visitante no se rindió y le cuestionó qué hacían con los libros que eran retirados de las librerías. "Lo normal, guardarlos en el almacén", replicó el otro. Ante la iniciativa de visitarlo el empleado se mostró reticente hasta que el hombre lo animó con la promesa de una interesante propina. Una vez en el almacén pudieron comprobar que muchas existencias no se hallaban en su lugar, habían desaparecido. El encargado de la biblioteca decidió que era mejor cerrar la puerta del lugar antes de que alguien lo culpara a él del suceso y despidió con rapidez al pesado que le estaba fastidiando el día.

El hombre fue a visitar a su amiga y le pidió que le mostrara el libro que supuestamente le había regalado. Esta lo buscó y se lo acercó. Sin embargo, cuando él iba a cogerlo, el ejemplar se abrió por la mitad y empezó a revolotear asustado hacia su nueva dueña. Ambos no salían de su asombro, ¡el libro se movía por sí mismo como si fuese un pájaro! La mujer extendió los brazos y el ave de papel se posó en ellos. El hombre intentó de nuevo asirlo y provocó la misma reacción. Entonces entendió lo que había sucedido. Los libros, desechados o abandonados por sus dueños legítimos, se liberaban de su encierro para volar hasta aquellas personas que sí los valoraban para sentirse por fin amados.

Amor de verano

Había leído en numerosas revistas que los amores de verano eran tan apasionados como fugaces. Conocía todas sus características teóricas y había realizado incontables cuestionarios hasta convertirse en una experta en esas lides.

Era muy metódica, así que, tras aprender los conceptos, se aplicó concienzudamente a la práctica. Le resultó fácil capturar a un incauto que cumpliese el perfil y que cayese rendido a sus pies. A partir de ese momento, se dedicó con ahínco a vivir todas las anheladas experiencias, y, a medida que estas sucedían, las iba tachando con diligencia de la lista que había confeccionado en una libretita de cuadros. Todo marchaba según el orden establecido hasta que, al término del verano, se encontró con un duro escollo: su amante, enamorado de sus ojos hasta la médula, se negaba a acabar con la relación.

Ella, tenaz cumplidora de objetivos, intentó romperle el corazón de mil maneras distintas. Pero como nada lograba desalentarlo, la última noche de estío, de una pedrada, le partió la cabeza. Y por fin, contenta de haber alcanzado su meta, tachó el último punto del inventario.

Pesadilla

Me falta el aire, intento respirar y me cuesta llenar los pulmones. Siento una fuerte opresión en el pecho que me provoca este ahogo y estas ansias por inspirar profundamente y absorber todo el oxígeno que exista en el mundo.

Poco a poco me voy serenando e inhalo más despacio. No ha pasado nada, simplemente me acabo de despertar de un mal sueño. Una horrible pesadilla se ha apoderado de mí y me ha provocado una gran angustia. No debo pensar en ello, es una situación irreal.

Es de noche y está muy oscuro. Camino por un frondoso bosque buscando algo que no sé muy bien qué es. De repente, una helada mano blanca se posa en mi hombro y el miedo me hace chillar. Corro lo más rápido que puedo y me golpeo y me araño con las ramas más bajas. Oigo una voz que me pide que me detenga porque he errado mi camino, pero estoy tan asustado que no puedo parar ni mirar atrás. De pronto, el vacío se abre bajo mis pies y caigo, caigo y caigo sin parar en un foso interminable. Ese es el instante en que me he despierto jadeando, como si de verdad hubiese estado corriendo desesperadamente.

Ahora que ya me he serenado, respiro con tranquilidad y mi corazón se ha refrenado. Abro los ojos despacio, pero me rodea la negrura. Debe haber luna nueva, porque ni siquiera su luz se cuela por las rendijas de mi ventana. Estiro el brazo derecho para encender la lámpara, pero mi mano, algo entumecida aún por la postura, choca torpe contra la madera. Intento girarme para colocarme de lado, mas no tengo espacio para ello. ¿Qué demonios le ha pasado a mi cama? Quiero incorporarme, sin embargo, mi cabeza golpea contra una tabla que está justo encima. El nerviosismo se apodera de mí, muevo los brazos y las piernas y solo encuentro límites a mi alrededor.

Respiro cada vez más deprisa, el aire se va calentando por segundos, se enrarece, escasea y me angustio. Grito con todo el poder de mis pulmones, pero solo me llega el eco amortiguado de mi propia voz.

Cierro los ojos con la esperanza de que mi pesadilla aún no haya terminado, que pueda despertarme de nuevo en mi cama, en lugar de hacerlo en esta estrecha prisión que me rodea con forma de ataúd.

El arte de mentir

Julián nació en un entorno feliz y acomodado en el que nunca le faltó nada. No obstante, el carácter autoritario de su padre, que censuraba todo lo que hacía y lo que no, provocó que el niño tuviese cierto recelo a manifestar sus acciones y que se sumiera en un mutismo que lo aislaba de los demás. Por su parte, su madre, cuando no estaba ocupada con los problemas de su trabajo, buscaba el contrapunto a tanta rigidez y justificaba siempre a su primogénito, incluso cuando no era necesario. Así, desde su más tierna infancia aprendió que la mentira resultaba la salida más fácil ante cualquier situación complicada y que podía engañar a los adultos, si era capaz de utilizar las palabras y los gestos adecuados. Además, había comprobado que así se ganaría sin duda la aprobación de sus mayores, a quienes no quería defraudar con sus flaquezas.

A medida que crecía, el niño fue puliendo su técnica del engaño gracias al uso continuado de la misma, que lo ayudaba a salir airoso de numerosas situaciones. Si algo desaparecía o se rompía, él sabía buscar pretextos que lo exculparan. En las riñas con otros chiquillos, él, que golpeaba más fuerte que ninguno, trataba de hacerse la víctima, aunque sangrara menos que los demás. Y en el colegio intentaba convencer a los maestros de que él era un ángel caído del cielo al que los demás trataban de martirizar.

En la adolescencia, no hubo conflicto en el que no se viese involucrado. Sus cicatrices eran justificadas con narraciones estrambóticas difíciles de creer, pero que él argumentaba hasta el detalle con la intención de otorgar mayor verosimilitud a unos hechos que tergiversaba en su beneficio.

Pero el uso excesivo conduce al abuso, por lo que mentir se convirtió en su forma de comunicarse y relacionarse con los demás. Los oprobios y patrañas que surgían sin descanso de su boca provocaron que perdiera la credibilidad de sus más allegados, quienes tuvieron que admitir que no se podía confiar en Julián.

El chico había interiorizado tanto este sistema de supervivencia que llegó a creerse sus propias farsas y las discutía con quien, sabedor de la verdad, trataba de refutar sus explicaciones. Su familia, preocupada por el cariz que había tomado el asunto, intentó hacerle ver que la falsedad no era el camino adecuado, mas él se resistió con uñas y dientes a admitir que era un adicto a la mentira. Para él, ellos eran quienes pretendían manipularlo.

Incómodo consigo mismo, en sus relaciones personales se hacía pasar por lo que no era, adornando su imagen con rasgos que no eran propiamente suyos, pero que creía que resultarían más cautivadores. No se mostraba tal como era; lucía al personaje ficticio que había creado de sí mismo. Pero este engaño solo le duraba un tiempo, hasta que la realidad rebasaba los bordes de su disfraz e inundaba todo de infamia. Por eso sus amoríos duraban poco y fracasaban siempre. Era muy complicado sostener tantas invenciones durante demasiado tiempo, ya que, hasta el ser más inocente, si el trato era frecuente, terminaba por descubrir sus malabarismos con la ficción.

Convertido en un auténtico mitómano, Julián siguió adelante con su falsa vida, acumulando fracasos que adornaba en su favor y culpando siempre a los demás de sus desengaños. Jamás iba a admitir su responsabilidad. Se justificaba pensando que el mundo era tan extenso y estaba tan poblado que siempre encontraría alguien que creyese sus historias.

Al alcanzar la madurez, intentó mantener la misma actitud mendaz de la que se había valido hasta ese momento. Sin embargo, lo que se podía justificar como una picardía infantil o rebeldía adolescente, no era permisible en alguien de más edad. Y así llegó su inevitable declive. Se tropezó con personas que no caían con tanta facilidad en sus redes ni creían sus fábulas. A poco que se descuidaba, entreveían en sus palabras y en su conducta demasiadas contradicciones y fisuras insostenibles que el pobre Julián se empeñaba en sostener apuntalándolas sin éxito con más falacias. Se trataba simplemente de triquiñuelas de truhan. Su credibilidad se fue resquebrajando sin remedio y se convirtió en un paria social. Perdió su trabajo y no lograba encontrar otro. ¡Cómo creer a alguien así! Pero él, incapaz de admitir sus errores, seguía culpando a los otros de sus frustraciones antes que admitir que el problema se hallaba en él mismo.

Hasta que un aciago día, su propia mentira lo derrotó.

Confesiones de un adicto

He de admitirlo, si no lo hago no lo superaré nunca. Eso me ha dicho mi terapeuta, al que acudo una vez a la semana para intentar resolver mi problema. No saben hasta qué punto supone un esfuerzo para mí visitarlo con tanta asiduidad, me pone nervioso dedicarle todo ese tiempo sin poder hacer otra cosa. Para él es dar un paso sencillo porque la teoría sobre el papel o a viva voz no cuesta nada verbalizarla, pero de ahí a la acción directa hay un gran paso. Y no crean que no he pensado que quizá yo pueda ser algo diferente, quizá sí, pero como yo le cuestiono a mi terapeuta, ¿acaso todos los seres humanos debemos ser iguales?

Yo soy una persona normal, con sus defectos y sus virtudes. Bueno, dependiendo de quién hable de mí estas o aquellas aumentarán o disminuirán considerablemente. Para mi madre estoy lleno de virtudes, y para mi exmujer también, hasta que nos casamos; luego empezó a descubrir mis pequeños defectos, como ella los llamaba, hasta que estos crecieron de manera proporcional a su aversión por mí. Ahora no me habla, así que no tendré que preguntarle qué opinión guarda de su antiguo marido, cosa que me tranquiliza enormemente.

¿Se han percatado de que estoy distrayendo su atención? Mi terapeuta me dice que eludo el tratamiento directo de los temas importantes con digresiones inútiles que no aportan nada. Me pregunto qué piensa la esposa de mi terapeuta de él…

Lo que decía antes, soy alguien normal que lleva una vida normal. ¡Ahí está la primera falacia, como diría mi terapeuta, la negación de la realidad! Según él no llevo una vida normal ni soy una persona normal. Siendo estrictos, ¿qué vara mide la normalidad? No he encontrado una respuesta convincente, así que mejor dejo en sus manos la valoración de mi normalidad o la falta de ella.

Me levanto cada mañana antes de que amanezca para ir a mi trabajo. Pongo el despertador media hora antes de lo debido para poder leer algo antes de levantarme y despejarme un poco. Después me doy una buena ducha y me pongo calzoncillos limpios, tal y como me enseñaron en mi infancia, sin cerrar el volumen con el que me levanté. Utilizo el transporte público para llegar al edificio en el que permanezco ocho horas seguidas, y, como el trayecto es largo, puedo engullir muchas páginas seguidas sin interrupción, ni siquiera hago caso a los adolescentes maleducados que vociferan tan de mañana. Mi empleo es de lo más anodino, trabajo en una oficina revisando contabilidades de empresas, lo que me permite no interrumpir ni un solo capítulo, pues soy capaz de teclear datos mientras leo, toda una virtud no reconocida en los hombres.

Almuerzo en la misma cafetería a la misma hora y siempre solo, para que nadie pueda estorbar mi lectura. De vuelta a la oficina alguna vez he tropezado accidentalmente con alguna persona, incluso en una ocasión estuve a punto de ser atropellado por un conductor loco, que además me increpó e insultó por haber descendido la acera con un libro abierto en la mano. ¡Así está la cultura de este país!

Regreso a mi domicilio en el mismo transporte público, pero en sentido inverso como deben suponer; eso sí, continúo con mi lectura para que el aburrimiento y el sopor no se adueñen de mí. En mi edificio tomo el ascensor, uno tan viejo que suele estropearse, pero a mí no me preocupa porque cada vez que me he quedado atrapado en su interior he aprovechado para avanzar en la lectura del ejemplar que casualmente llevo encima ese día. Es una suerte ser tan precavido. Una vez en casa, me quito la ropa de la calle y me pongo cómodo antes de arrellanarme en mi sillón favorito, uno de esos que se reclinan y levantan un reposapiés. Es el mejor momento del día, pues puedo disfrutar de la lectura a mis anchas, sin que nadie me estorbe ni me interrumpa, así que lo alargo el mayor tiempo posible.

Tras una cena ligera me voy a la cama y enciendo la pequeña lámpara de la mesita de noche para poder leer un rato antes de dormir porque si no soy incapaz de conciliar el sueño. Mi exmujer no soportaba esto ni entendía mis razones. Quizá se debía a que le molestaba la luz para dormir. No lo sé, nunca me lo dijo.

Les he relatado cómo discurre uno de mis días de trabajo. Los de descanso son similares, pero sin ausentarme de casa, salvo lo estrictamente necesario. Me parece absurdo salir sin motivo alguno solo por tomar el aire, como dice la gente a la que le sobra el tiempo. Como ven mi vida es de lo más normal. ¿Acaso creen ustedes que tengo algún problema? Aunque mi terapeuta lo afirme, yo sigo sin entender por qué cree que sufro una adicción.

Divinas criaturas

A Nía

Lo supo mucho antes de que se lo confirmara su médico. Incluso antes de que la prueba habitual mostrara su veredicto. De hecho, fue consciente de ello desde el momento mismo en el que el espermatozoide más veloz impactó contra su predispuesto óvulo. El cómo es lo de menos, no hay explicación científica para eso. Digamos simplemente que lo supo, de la misma manera que era capaz de adelantar el tiempo que haría al día siguiente según el picor que notara en su nariz o si la lluvia dejaría de caer en uno o diez minutos. Era así, perceptiva.

Su embarazo se desarrolló con normalidad, sin demasiadas complicaciones. De vez en cuando algún mareo o sensación de náusea más o menos reprimible, algo de somnolencia, momentos de apetitos curiosos…, nada que le impidiese seguir con sus rutinas diarias. Cumplía con sus obligaciones, cuidaba sus plantas, nadaba, caminaba y hacía yoga frente a un tapiz de Ganesha que le habían traído de la India unas semanas atrás.

A pesar de que se le hinchaban las piernas y se le abultaba el vientre, ella estaba feliz porque una pequeña criatura se estaba desarrollando en su interior. Notaba cómo crecía cada día, cómo evolucionaba desde su forma más ínfima y primitiva, y sentía latir dentro de su tripa su diminuto corazón.

Acudía a las revisiones ginecológicas prescriptivas en las que revisaban tanto su buen estado como el del bebé. Cuando los médicos le comunicaban que todo iba bien solo constataban algo que ella ya sabía. Al quinto mes de embarazo, un ginecólogo se aventuró a afirmar, tras realizarle una ecografía, que iba a parir un niño, pues vislumbraba un generoso apéndice masculino. Ella sonrió al doctor y negó ligeramente con la cabeza. Estaba convencida de que el galeno erraba en su predicción, pero prefirió no contradecirlo para no herir su sensibilidad de hombre de ciencia.

La criatura crecía a la par que su vientre, que tomó una oronda forma redondeada. Su felicidad aumentaba en la misma medida. El ginecólogo continuaba apostando por la portentosa masculinidad del bebé y ella seguía negándolo en silencio.

Una agradable tarde, mientras el veraniego sol declinaba y ella permanecía en la posición del loto frente a su tapiz, percibió que el momento había llegado. Cogió el bolso de maternidad que tenía preparado junto a la puerta, salió a la calle, tomó un taxi y se dirigió al hospital. En la recepción informó de su estado de inminente parto. Le preguntaron si había roto aguas, y en ese mismo instante un chorro cálido descendió por sus piernas. Inmediatamente la condujeron en una veloz silla de ruedas al paritorio.

Pese a la placidez de su embarazo, el parto no resultó tan agradable. Dilataba de manera natural, pero el espacio no resultaba suficiente para que el pequeño saliera al mundo. Además, parecía que el chiquitín había decidido no descender de cabeza, por lo que la situación se complicaba. Sin entrar en dolorosos detalles, resumiremos que, tras mucho esfuerzo, empezó a brotar un lampiño trasero por entre las piernas de su desgarrada madre. La matrona asió al enorme bebé para ayudar a la parturienta y lograron que poco a poco salieran sus piernas. A continuación, un redondo torso y con él ¡cuatro! largos brazos. Los sanitarios se miraron consternados ante semejante infortunio que no habían podido prever. Por último, algo acongojados, extrajeron una cabeza de la que brotaban dos enormes orejas y una llamativa trompa que inmediatamente comenzó a barritar. Los asistentes no salían de su asombro. ¡Qué diantres era aquello!

Ella, intentando recuperar aún el aliento susurró: "Ve, doctor, que no era un niño". Y pidió que le trajeran a sus brazos a su pequeña reencarnación de Ganesha[5].

---

[5] Ganesha es una deidad hunduista que tiene cuerpo humano y cabeza de elefante. E patrono de las artes y las ciencias y dios de la sabiduría, la inteligencia y las letras.

Amor verdadero

Nos conocimos el curso pasado. Nunca lo podré olvidar, ¡fue tan bonito! Yo estaba en tercero de secundaria y él llegó nuevo al instituto para estudiar un ciclo. Me fijé en él desde el principio, porque a mí siempre me han gustado los chicos mayores que yo, ¿sabes? Los de mi edad son unos niñatos insoportables que no saben nada de la vida y que solo dicen tonterías. En fin, que no podía ni atender en clase porque siempre estaba pendiente de la ventana por ver si pasaba por allí, pero nada.

Durante los recreos paseaba por el insti con Luci, mi mejor amiga, buscándolo por todos lados, pero claro, los grandes pueden salir y se iba fuera con los otros. Intenté hacerme la encontradiza en varias ocasiones, y no había manera, parecía que yo no existía. Un día una chica de bachillerato, que tiene fama de zorrita, de esas que se van con cualquiera, se acercó a él y se pusieron a hablar tan divertidos. ¡La muy cerda! Me dolió tanto ver cómo él se reía con ella que me alegré de que sonara el timbre de inicio de clases.

Después de eso, y tras consultarlo con Luci, tomé una decisión: si quería conseguirlo tendría que actuar como una mujer, no como una cría tonta. Entré en una red social y rastreé hasta encontrarlo. Como tenía los accesos abiertos, revisé su información personal (¡no tenía novia!), vi sus fotos (en las que estaba siempre guapísimo), leí todos sus comentarios… Vamos, me lo estudié mejor que un examen. Ya lo conocía al detalle y podía ir a por él. Cambié mi foto de perfil, puse una sexi, y le mandé una solicitud de amistad. ¡Sabía que no podía fallar!

Esa noche no pude dormir. Permanecí despierta todo el tiempo esperando el aviso de que me había aceptado. Pero llegó la mañana y no había recibido nada. Me sentí muy humillada, tanto que no quería ir ese día al instituto. Creía que había hecho el ridículo y que todos se iban a reír de mí. Le dije a mis padres que me dolía la barriga, que tenía fiebre, que me reventaba la cabeza, que sentía náuseas, que no había dormido…, pero no sirvió de nada. No me permitieron quedarme en casa y los odié por ello. Hecha un desastre, caminé cabizbaja hacia mi triste destino.

Me dirigí directamente a mi clase, sin hablar con nadie ni buscar miradas; quería pasar desapercibida. Ni siquiera esperé a Luci en la entrada, como hacía cada mañana. Cuando llegué a la puerta de mi aula, él estaba allí. ¡Me quedé muerta! Se apoyaba contra la pared y tenía los brazos cruzados. ¿Qué demonios hacía ahí? ¿Acaso se burlaba de mí? Me miró a los ojos y me dijo: "¡Buenos días, princesa!", y me acercó una rosa roja que escondía tras su espalda. ¡Casi me muero de vergüenza! Menos mal que en el pasillo no había nadie, porque me subieron los colores en un segundo.

Yo no sabía qué contestar, cogí la flor y le di las gracias. ¡Qué tonta! La primera vez que me decía algo bonito y voy y le doy las gracias como si fuese un camarero que me sirve una bebida. Él sonrió y se marchó andando por el pasillo mientras yo no sabía si pedir que la tierra me tragara o gritar de felicidad.

Bajé de la nube al no verlo durante el recreo, pero el subidón se produjo otra vez al concluir las clases (a las que no presté ninguna atención, claro); me esperaba en la puerta del centro. Me saludó de nuevo y me preguntó si podía acompañarme. Yo iba con Luci, como hacía cada día, pero le dije que sí. Ni ella ni yo podíamos salir de nuestra sorpresa. Ella decía que era muy romántico, y yo me sentía orgullosa yendo a su lado y luciendo la rosa que me había regalado.

Delante de mi casa me preguntó a qué hora salía por las mañanas para esperarme e ir juntos al insti. No quería que anduviese sola por la calle tan temprano, que hay mucho salido por ahí suelto, y que él quería cuidarme. ¡Me pareció tan galante! Los chicos normales no se preocupan tanto por una, eso solo lo hacen los hombres que de verdad te quieren, ¿a que sí?

Por el camino nos habíamos intercambiado los números de teléfono y nos habíamos agregado a nuestras respectivas cuentas de los perfiles sociales. Quería que estuviésemos siempre en contacto y me pidió que siempre que lo necesitara, para lo que fuese, que lo avisara, que él acudiría en mi ayuda. Nada más cerrar la puerta de mi edificio recibí un mensaje suyo: "Ya te echo de menos, princesa." ¡Casi me derrito! "Y yo a ti", contesté presurosa. Empecé a flotar en una enorme nube de algodón. La vida por fin me empezaba a sonreír.

A partir de ese día, cada mañana me esperaba cerca de mi casa para acompañarme al instituto, y volvíamos juntos al terminar las clases. Incluso cargaba mi mochila, que estaba repleta de libros, para que yo no me cansara ¿A que es un sol? Además, solía pasar por mi aula en los cambios de hora, si no le era posible, me enviaba un mensaje al móvil para que yo le indicara si estaba bien. Los recreos también los pasaba conmigo, y me compraba todas las golosinas y los dulces que me gustan. ¡Es tan detallista! En fin, me empezó a gustar el instituto solo por estar con él, porque de las asignaturas no me enteraba de nada. Tenía algo más importante en lo que pensar, y seguro que a él le pasaba lo mismo.

Al principio hablábamos mucho a través del móvil, pero cada vez nos apetecía pasar más tiempo juntos, como es normal, ¿no? Así es que me inventaba excusas, trabajos de clase y enfermedades de amigas, para poder salir de casa sin que mis padres sospecharan nada. Si los conocieras me entenderías, son unos viejos aburridos que me tratan como si fuese una niña y no me dejan ni respirar; se pasan todo el rato pendientes de lo que hago, ¡son unos pesados!

Antes de conocerlo yo estaba en un equipo de gimnasia rítmica con Luci, pero dejé de ir porque me quitaba tiempo para estar con él. Yo creía que me gustaba ese deporte, pero mi novio me hizo darme cuenta de que en realidad lo practicaba por los demás. Es cierto, mis padres me apuntaron desde pequeña sin preguntarme mi opinión, mis entrenadores me obligaban a esforzarme muchísimo para ellos presumir de mis medallas, a mi amiga Luci solo le importaba que fuera para ella no estar sola, y había chicos que venían a mirar los entrenamientos porque se ponían como motos viéndonos con las mallas. Yo no lo había pensado nunca, pero la primera vez que él vino conmigo al pabellón tuvimos una discusión tremenda. Y con razón. Yo no me había dado cuenta, porque entrenaba y no me paraba a pensar en esas cosas, pero él me hizo ver que, con la ropa ceñida y los movimientos que hacíamos, estaba provocando. ¡Qué vergüenza me dio! Me sentí como una auténtica guarra, le pedí perdón y le aseguré que nunca más volvería al equipo. Él es tan bueno que me perdonó.

Las cosas con mi novio iban muy bien, aunque con la gente de mi entorno, no. Siempre pasa igual, cuando mejor estás, vienen los aguafiestas a fastidiar. La primera que se puso borde fue mi tutora del instituto, que llamó a mis padres para comentarles que yo no rendía y que parecía distraída. A eso se le sumó que alguien del equipo telefoneó a casa para preguntar si estaba enferma porque ya no acudía a los entrenamientos. Para colmo, una vecina entrometida le comentó a mi madre que me había visto varias veces por ahí abrazada con un chico mayor. ¡Será amargada la muy alcahueta!

Lo peor fue que un día yo le había dicho a mis padres que iba a la casa de Luci para preparar un examen y pillaron mi mentira, porque se encontraron a mi amiga con su madre en el supermercado. Al llegar a casa me echaron una bronca de campeonato. Que si no se podía confiar en mí, que ya no era la misma, que no me iban a dejar salir más de casa, que me iban a controlar más… ¿Pero quiénes se creen que son? ¡Yo tengo derechos y mis padres no son nadie para no dejarme ir donde yo quiera! Mi novio me dijo que incluso los podía denunciar por encerrarme. Pero no hizo falta, conozco a mis padres lo suficiente como para saber cómo hacerlos cambiar de opinión. Llorando les pedí perdón, les prometí que no volvería a pasar, y les anuncié entre sollozos que en realidad lo estaba pasando muy mal por cosas del instituto, pero que no les había dicho nada para no preocuparlos. Sorprendidos, me comentaron que hablarían con mi tutora, pero yo les rogué que no lo hicieran para que no me cogieran más manía. Con eso, unos enormes lagrimones y un par de abrazos falsos, me los gané de nuevo y me levantaron todos los castigos.

Aunque lo había dicho como excusa, la verdad es que sí era cierto que en el insti había problemas. Aparte de mis malos resultados, Luci se quejaba todo el tiempo de que pasaba poco rato con ella, que me echaba de menos y que ya no éramos tan buenas amigas como solíamos. Hasta ahí lo pude entender, porque antes solo éramos ella y yo. Lo que no me gustó fue que empezó a criticar a mi novio, a decir que me absorbía, que no me dejaba estar con los demás, que me quitaba libertad, que hasta había cambiado la forma de vestir, que ya no hablaba con otros chicos… Me parecía mentira que Luci no se diera cuenta de lo que me decía. ¿Acaso no era mi mejor amiga? Ella más que nadie debería entender que cuando te enamoras, tu pareja se vuelve lo más importante de tu vida y que lo demás no interesa.

Un día discutimos por eso y yo me sentí tan mal que estuve llorando la tarde entera. Era mi mejor amiga desde la infancia, habíamos vivido muchas cosas juntas y no quería perderla. Se lo conté a él y su respuesta me dejó helada. Me explicó que lo que le sucedía a Luci era simplemente que me envidiaba (como le pasaba a otras chicas de mi clase), porque ella no tenía pareja y yo sí; que en alguna ocasión él había notado que ella intentaba reírse de mí delante de los demás, que le había chismorreado que yo tonteaba con otros chicos y que ella le echaba miraditas insinuantes a él para quitármelo. Esto último fue un golpe muy duro para mí, un verdadero mazazo.

A pesar del dolor que sentía, decidí hablar con Luci sobre esto, y la muy falsa lo negó todo. Se excusó alegando que eran invenciones de mi novio, que no le gustaba y, riéndose, dijo que ella nunca se fijaría en un chico así. Eso me hizo aún más daño, porque no solo me mentía, sino que estaba despreciando a la persona que más quiero en este mundo. Yo le había contado todos mis secretos y había confiado en sus consejos, y ahora ella me salía con que mi novio no valía la pena. Entonces tomé conciencia de que soy demasiado buena y de que la gente se aprovecha de mí sin que yo me dé cuenta. A partir de ese día dejé de hablar con Luci, nuestra relación terminó; no merecía mi afecto ni mi compañía alguien que solo buscaba perjudicarme.

Pude superar esta pérdida gracias a él, que ocupó todo mi tiempo y me hizo sentirme valorada. Para demostrarle que Luci mentía y que lo que sentía por él era amor verdadero, borré de mi lista de contactos todos los números de chicos que tenía almacenados, y eliminé mis perfiles en las redes sociales tal como él me pidió. Mi novio se sintió muy orgulloso de mí, me dijo que era una auténtica mujer con las cosas claras y que por eso estaba conmigo.

Nuestra felicidad a partir de ese momento fue plena. Bueno, eso hasta que un día un compañero de curso me invitó a su fiesta de cumpleaños. La verdad es que éramos amigos, nos conocíamos desde críos porque habíamos ido juntos al colegio desde infantil, y entre nosotros siempre había habido tan buena relación que yo cada año acudía a su cumple. Cuando se lo comenté a mi novio se puso frenético, me gritó que ese era un listo que solo quería aprovecharse de mí, que yo era suya y que ni de broma me permitiría ir a esa fiesta. Entre risas le pregunté si estaba celoso, y él me respondió como un hombre: "Si siento celos es porque te quiero". Por supuesto, no acudí a esa estúpida fiesta; el amor de mi novio está por encima de cualquier otra cosa y debo luchar por conservarlo.

No sé muy bien cómo aprobé las asignaturas (en clase me sentía fatal ya que todos me hacían el vacío), pero al final pasé a cuarto curso. Me faltan solo unos meses para terminar la secundaria. Mis padres, que siempre me están jodiendo metiéndose en mi vida, quieren que siga estudiando bachillerato. Yo no quiero, porque no me apetece ir a la universidad, que está lejos de donde vivo. No, tampoco quiero meterme en formación profesional. Mi novio dice que no lo necesito, que con tener el título de secundaria ya me vale, porque él termina este año su ciclo y se va a poner a trabajar enseguida, y que no hace falta que estudie una carrera porque él va a cuidar de mí como ha hecho siempre y me va a proteger. Yo sueño con que llegue ese día, porque será como en los cuentos, cuando tu príncipe azul por fin te rescata.

¿A que mi historia es súper romántica? Mis padres no entienden nada porque ellos son unos amargados que no saben lo que es el amor verdadero ni han disfrutado nunca de nada. Se han pasado la vida trabajando sin descanso y discutiendo por tonterías como el dinero o las facturas. Eso no me va a pasar a mí jamás. Mi amor por mi novio está por encima de todo lo demás, y no discuto con él porque no lo quiero perder. No sé qué sería de mí sin él, no podría seguir viviendo, por eso procuro no hacerlo enfadar para que siempre esté conmigo, como en las pelis, ya sabes.

¿Ahora entiendes por qué me parecía un coñazo venir y por qué estaba enfadada al entrar? Yo no necesito ningún psicólogo ni loqueros que me digan qué hacer con mi vida. Perdona, no es nada personal contra ti, ¿sabes? Si me has caído bien y todo, y eso que venía obligada a este rollo. Lo que digo es que yo, como puedes ver, soy muy madura y tengo las cosas claras. Sé lo que quiero y lo que no, a mí nadie me mangonea, y menos mis padres. Lo único que quiero en mi vida es a mi novio, porque él toma decisiones buenas para mí, y si no fuera por su ayuda, seguro que mucha gente me habría hecho daño. Además, sé que nunca voy a encontrar otro hombre que me trate como él. Es mi media naranja, y esas solo se encuentran una vez en la vida. ¿Tú te arriesgarías a perder a alguien así?

Tienes cara de buena persona y creo que me entiendes. Seguro que también te has enamorado profundamente de un chico especial y sabes lo que es el amor verdadero. ¿A que sí?

Minificciones

Cuestión de estilo

Deja unos puntos suspensivos sobre la acera con el rítmico golpeteo de sus tacones. Al cruzar la calle abre un paréntesis entre el denso tráfico que se detiene admirado ante el ondulante movimiento de sus caderas. Se gira y me mira. La sensualidad de su rostro queda enmarcada entre las comillas que dibuja el coqueto aleteo de sus pestañas. Con un tímido interrogante de hombre inseguro la invito a tomar una copa. Pero un leve mohín desdeñoso pone punto final a mi sueño de poseerla.

Presente

Mientras caminaba distraída por la orilla de la playa, mi pie encontró una caracola. La recogí con cuidado y te la traje para que, cuando la acerques a tu oído, escuches el rumor de mi nombre.

Cuanto más frío, más calor

Hace demasiado calor. Las gotas de sudor escapan a través de mis poros y se deslizan dibujando su húmeda trayectoria por mi espalda. Introduzco una moneda en la máquina expendedora y esta me regala una botella de agua. La recojo, está satisfactoriamente helada. La palpo con deseo y sueño con acariciar mi cuerpo con ella, lamerla con mis labios, rozarla por mis brazos, subirla despacio por mis piernas, sentir su frescor desde mi ombligo hasta mis pechos…

El grito de una señora me despierta de mis pensamientos. Sus airados ojos desprenden chispas hacia mi ropa, que yace abandonada en el suelo junto a mí. Curiosamente, su esposo, bastante acalorado, prefiere mirar mi cuerpo desnudo.

El génesis

"Serán solo cien palabras más, para pulir al protagonista y concluir la historia". El editor, que conocía bien a su protegido, no terminaba de creer sus argumentos. Sabía lo propenso que era este a la digresión, mas aceptó la propuesta no sin cierto recelo. Un mes después regresó el escritor ante él. Su rostro macilento y oscuras ojeras delataban largas noches en vela. Colocó sobre su mesa una cuantiosa pila de pliegos manuscritos. Juan de la Cuesta lo miró asombrado. "¿Qué habéis hecho con el relato ejemplar, Miguel?". "No sé cómo —contestó—, pero el personaje cobró vida y lo ha convertido en novela".

Novísimo testamento

"El mundo no es suficiente para toda la humanidad", pensó. Y entonces el hombre creó las desigualdades.

La Gran Vía crucis

Aquella tarde de diciembre las calles estaban atestadas de fieles que se apretaban en las aceras para rendir culto en lenta procesión a los altares de sus marcas favoritas.

La edad de la inocencia

Las palabras que ha aprendido por la noche las repite al día siguiente en el colegio. Desconoce su significado, pero, para que resulten convincentes, intenta imprimirles un tono adecuado: fuerte, enérgico, rotundo, como el que emplea su papá cuando regresa tarde a casa y se dirige a su mamá. Lo que no entiende es por qué, después de pronunciarlas ante la maestra, lo conducen presurosos al despacho de la directora.

El gran teatro del mundo

El poeta jugó a ser Dios y escribió sobre nosotros.

En el punto de mira

Desde las primeras líneas, la historia la atrapó. La protagonista era una asesina a sueldo que había perpetrado un crimen y la policía buscaba pistas que llevaran hasta ella. Continuó escribiendo la novela con rapidez, conduciendo los pasos de los investigadores por la ciudad, husmeando las calles, siguiendo indicios, hasta que estos se pararon ante una puerta.

La sobresaltó el sonido del timbre. La escritora abandonó el manuscrito y se apresuró a abrir. Los agentes de la ley le leyeron sus derechos y la detuvieron por encubrir al culpable.

Dulces tradiciones

"Es como sale mejor", me repite mi madre en la cocina mientras me inicia en las artes culinarias. Es una maestra de los fogones y a todos entusiasman sus exquisitos dulces y productos de repostería. Su especialidad son los dedos de santo, que prepara con mimo para el día de difuntos. Mezclado con el mazapán se oculta un ingrediente secreto que solo ella y yo conocemos. Yo no los pruebo, no soporto el sabor terroso que les queda a los huesos que de noche desenterramos en el camposanto.

Princesas

Las princesas que besan sapos permanecen internas en pabellones psiquiátricos. Se quiere evitar que, en su afán zoófilo, ataquen a unicornios, gatos con botas o cervatillos huérfanos.

Caprichos infantiles

Subir de nuevo a la habitación de los juegos le piden continuamente entre pucheros y risas los niños que revolotean a su alrededor. No entiende su insistencia, pues ese cuarto permanece vacío desde que su marido y ella llegaron a la casa hace ya varios meses. Pero su preocupación es otra, ¿quiénes son esos pequeños desconocidos que la acosan a todas horas?

Fiesta nacional

Tras una exhibición virtuosa de pases, capotazos y giros elásticos ante su desigual adversario, coreados por el entusiasmado público que los rodeaba, el matador alzó la espada frente a su víctima, y tras mirarlo a los ojos, el afamado toro perdonó la vida al exhausto hombre cuya espalda sangraba sembrada de coloridas banderillas.

Valor

Caminas con paso firme por la acera moviendo los brazos al compás de tu andar. Te veo desde lejos, te acercas cada vez más y mi corazón se acelera sin remedio. Veinte metros. Respiro hondo una, dos, tres veces, pero no logro que se ralentice mi pulso. Diez metros. Las manos me tiemblan y aferro mi bolso con fuerza para que no se note. Cinco metros. Mi boca se seca persiguiendo las palabras que tenía preparadas y que han huido asustadas. Tres metros. Mis ojos se clavan en ti. Dos metros. Intento esbozar una tímida sonrisa y empezar a hablar. Un metro. Me miras sin detenerte y me sonríes. Mis labios sellados no se atreven a dejar escapar ni un solo sonido y el mundo sigue girando exactamente como antes.

Pura matemática

En la ecuación del amor, el resultado óptimo es que X sea igual a 2.

Destino incierto

Por qué demonios sus dueños los han abandonado en ese inhóspito lugar, por qué se han marchado dejándolos helados en un sitio tan frío. Ellos, que estaban acostumbrados a la calidez en la que se cobijaban, tiritan asustados en esa sala blanca sobre la que vibra una tibia luz fluorescente. Los engañaron, los animaron a salir presurosos en manada para luego introducirlos en un aséptico frasco. ¿Cuándo abrirán el congelador para sacarlos de allí? Y lo que más los angustia es qué desconocido óvulo tendrán que fecundar.

La importancia de saber idiomas

"Serán solo cien palabras las que viajen por el espacio al encuentro de culturas extraterrestres", anunció orgullosa la NASA ante los medios de comunicación internacionales. Durante más de veinte años el mensaje lingüístico vagó por la galaxia sin hallar destinatario, al menos eso creyeron los frustrados científicos americanos. Sin embargo, debió de arribar a alguna desconocida playa planetaria, pues desde hace cierto tiempo no dejan de producirse incursiones alienígenas hostiles en la Tierra. Nos quieren colonizar, someter o incluso devorar. Yo permanezco escondido en este refugio, solo, en silencio, para que nada de lo que diga se pueda malinterpretar.

Reencuentro

Al verte de nuevo entendí que los amores pasajeros se deshacen a mayor velocidad que el hielo.

Miedos infantiles

De pequeña era muy asustadiza, distintos miedos me atenazaban, me angustiaban y me quitaban el sueño. Uno de mis peores temores se hallaba bajo mi cama. Cuando me iba a dormir, cuidaba mucho de colgar un brazo o una pierna fuera de los límites de mi colchón, pues pensaba que debajo acechaba un ser maligno que arrancaría y devoraría mi extremidad sin piedad. Solía esconderme entre las sábanas y protegerme con mis mantas, lo que me hacía sufrir las noches de calor.

Con el tiempo, como es natural, superé este miedo visceral a lo que se ocultaba bajo mi lecho. Duermo tranquila desde que una noche decidí colocar un plato con carne fresca debajo de la cama antes de acostarme. Por las mañanas compruebo que las ansias de mis monstruos quedan saciadas y mi cuerpo ya no corre peligro.

Alzheimer

Al contemplarse en el espejo, su propio reflejo le resultó ajeno.

Cosas de críos

Nunca, sin saber bien por qué, dejarán de mirar hacia arriba cada vez que pasen bajo una escalera. Y es que no es fácil abandonar una costumbre arraigada desde la infancia. Siendo aún muy niños sufrieron la prematura muerte de su madre, por lo que su tía se mudó a vivir con ellos para cuidarlos. Era una mujer de carácter tan seco como su cuerpo, estricta y envarada, que siempre iba ataviada con una camisa abotonada hasta el cuello y una enorme falda de lana negra que la cubría hasta los tobillos. Los pequeños se escondían y observaban curiosos a través de los peldaños de madera el recto subir y bajar de su tía por la escalera, para descubrir qué misterioso secreto se ocultaba bajo la pesada tela oscura.

La última esperanza

El hombre de traje oscuro avanzaba despacio por el polvoriento sendero empujando con dulzura una silla de ruedas en la que se encogía su joven esposa enferma. Los buenos días habían llegado y el cálido sol se adueñaba del cielo. Se detuvieron ante un árbol marchito en el que brotaba inesperadamente la vida. El hombre, poeta ilusionado, rogó entonces "otro milagro de la primavera".

Delación

El golpeteo de las gotas sobre la baldosa delató dónde se hallaba el asesino.

La gran evasión

Desde el otro lado del planeta comenzaron a llegar enormes bandadas de pájaros. Tras ellas nos ensordeció el zumbido de miles de abejas, abejorros y avispas que oscurecían el cielo. Nuestros mayores, curtidos por la experiencia de los años, miraban el calendario y fruncían el ceño ante el mes de abril que estaba próximo a morir. Ninguno se paró, ninguno decidió quedarse, todos seguían su desesperado camino hacia un ignoto sur al que no alcanzara la enorme nube radioactiva que los perseguía desde Chernóbil.

Adicción

No me encuentro bien. Estoy muy nervioso y cualquier cosa me hace enfadar más de la cuenta. Grito a la gente sin motivo y todo me molesta. No paro de dar vueltas buscando algo que hacer, pero nada me satisface; me agobio con lo que hago al par de minutos. Sí, además transpiro mucho, aunque no haga calor, y me sudan demasiado las manos. A veces hasta parece que me cuesta respirar y siento que me asfixio y me dan ganas de arrancarme la ropa. Pero cuando me voy a quitar la camisa, me tiritan tanto los dedos que no puedo ni agarrar los botones, como si yo fuera un viejo de esos a los que les dan trembleques por la edad. Hasta en ocasiones, como ahora, me tiembla la voz, y no me salen las palabras y me atropello al hablar y me siento como un inútil que no es capaz de hacer nada. Y sí, doctor, tengo un mono increíble que no puedo soportar ni un minuto más. ¡Creo que me voy a morir si no vuelvo a leer un libro!

Silogismo

Con cada golpe que sumaba, restaba su amor por él.

Héroe

Aquel día de verano de 1945 hacía demasiado calor. Aunque eso no era lo que nos mantenía intranquilos. Esperábamos noticias de mi hermano mayor. Estaba en el ejército y lo habían llamado para una misión especial. Fue lo único que le pudo decir a nuestra madre antes de partir; bueno, eso y que siempre la llevaría con él. Era el favorito de mamá y no lo disimulaba.

Un timbrazo del teléfono nos rescató del sopor. Una gélida voz nos anunció las nuevas. Nuestro hermano era un héroe, había logrado su objetivo: devastar una ciudad completa con una sola bomba.

Lección de Física. Y Química

Lavoisier enunció el principio de conservación de la masa. Un siglo y medio después, Einstein le dio su toque personal con su fórmula. Sin embargo, hay una pregunta a la que los científicos aún no han logrado dar respuesta: si el amor no se crea ni se destruye, ¿en qué se transforma?

La espera

Lo que daría porque fuese ya de día y su dulce voz susurrase mi nombre. Que me echase en cara que no la escucho mientras veo el fútbol en la televisión, que no bajo la tapa del váter después de usarlo o que dejo mi ropa sucia tirada en cualquier lugar. Preferiría que nos visitase su madre, acompañarla de compras a un centro comercial o que, como siempre, le doliera la cabeza cuando me acerco con sigilo. Cualquier cosa antes que este largo y lento desgranar de horas en las que, según el médico de urgencias, podría despertar o no volver jamás.

Creación poética

Un escritor arquitecto decidió construir un elaborado y concienzudo poema clásico, equilibrado y sobrio. Sin embargo, al terminar su estricto soneto, las palabras huyeron despavoridas de sus posiciones. El exigente vate las perseguía y empujaba con su rígida pluma, mas estas, alocadas y curiosas, lo esquivaban dibujando quiebros imposibles sobre el papel.

La persecución duró frenéticas horas, hasta que el exhausto poeta se rindió ante la rebelión de sus insolentes palabras y las dejó abandonadas a su aire. Cuando este, hastiado, se hubo marchado, ellas, niñas caprichosas, se situaron a su antojo sobre el inmaculado campo de batalla para disfrutar por fin de la anarquía del verso libre.

Insomnio

De todos es sabido que no fue un guisante lo que impidió dormir a la princesa, sino su mala conciencia.

Redes sociales

Su amistad se alarga desde hace un lustro. Se comunican casi a diario. Comparten gustos y aficiones, intercambian opiniones y dudas, saber lo que piensa el otro de determinados asuntos y nunca olvidan felicitarse en sus respectivos cumpleaños. Lástima que nunca se hayan visto en persona.

Aniversario

Miguel observaba desde cierta distancia el trabajo de los operarios. Con moderno instrumental, buscaban entre las losas de las Trinitarias los restos del célebre escritor español. Cervantes no pudo por menos que estremecerse al darse cuenta de lo poco que habían cambiado las cosas. Después de cuatrocientos años, los locos seguían viendo gigantes donde solo había molinos.

Las malas lenguas

Cuelgan de las cuerdas de la del quinto piezas de ropa infantil de todos los colores: camisetas de superhéroes, faldas de volantes, rebequitas de macramé, pantalones cortos, leotardos de rayas... Esta agradable señora enviudó siendo aún muy joven; desde entonces vive sola y ayuda a los más necesitados. Las malas lenguas comentan que alquila niños en los barrios marginales, que los trae a su casa para acunarlos, darles la merienda y bañarlos como si fuesen suyos. Ignoro si estos chismes son ciertos. Yo solo sé que, algunos de los que han entrado por su puerta, no han vuelto a salir.

Recuento

Fue el lobo quien intentó huir de Caperucita disfrazándose de abuela. Sabía que una chica tan curiosa le traería problemas.

Problemas oculares

La vergonzante miopía que ella escondía tras unas falsas lentes de contacto le impidió ver que fijaba su codiciosa atención e intención en un irremediable crápula con voz de sirena.

La galopante presbicia de él no permitió que en las distancias cortas distinguiera que, tras esa cara caballuna que lo miraba arrobada, se ocultaba un sapo al que ningún beso transformaría en princesa.

Perseverancia

Cada vez que le hablaba del último sobre rechazado su cara delataba una enorme tristeza. No me permitía explicarle cuáles eran los motivos de la devolución, simplemente se giraba y se alejaba quejumbrosa y abatida. Sin embargo, poco le duraba la pena, pues al día siguiente se personaba en la oficina de correos para sellar una nueva misiva cubierta de besos y perfumes. Se negaba a aceptar que el destinatario de sus pliegos de amor hacía ya tiempo que había fallecido.

Misiva

Te quiero. Te lo dicen mis ojos cuando te miran adormilados al despertar. Te lo dicen mis manos mientras acarician despacio tu cuerpo desnudo. Te lo dicen mis labios al unirse a los tuyos y absorber el aire que respiras. Te lo dice mi lengua al entablar un dulce combate dentro de tu boca. Te lo dicen mis piernas al enredarse como yedra entre las tuyas. Te lo dicen mis mejillas cuando el rubor las inunda al escuchar tus palabras de amor. Te lo dice mi piel erizada al suave contacto de tus dedos. Todo mi cuerpo declara lo que a mí me cuesta enunciar. Desde la distancia, tú ausente, te lo susurro en estas líneas que no sé si algún día leerás.

Obras públicas

Yo trabajo, tú trabajas, él trabaja, nosotros trabajamos, vosotros trabajáis y ellos miran.

Encuentro fortuito

Subir de nuevo a la habitación, abrir la puerta con el mismo sigilo y no encontrar a tu mujer enredada entre los brazos de otro hombre es lo que te gustaría ver si volvieses sobre tus pasos. Pero hay hechos que no se pueden cambiar, y por mucho que tu deseo se empeñe en negar la realidad, ni tu cama ni tu esposa son ya tuyas. Y aunque tiras fuertemente de tus párpados para contemplar otra imagen, no puedes despegarlos porque un dolor agudo te atraviesa el pecho y no te permite volver a respirar.

In memoriam

Durante toda su vida se trabajó una imagen pública intachable de quien lucha por el bien común. A su muerte, sus admiradores y aduladores erigieron un busto con su nombre en el parque que él mandó construir. Lo inauguraron con el fasto y la pompa que el acontecimiento requería: presencia de la viuda y los hijos, de los principales representantes públicos, discursos, lágrimas y banda municipal. A partir de ese día, solo lo visitaban las palomas para verter sobre su cabeza los restos de sus comidas.

La gran verdad

En esa casa no vive Mizuki Tanaka. De hecho, lo que tienes ante tus ojos no es una casa y el tal Tanaka ni siquiera existe. Es todo cartón piedra, pura imaginación, simple creación literaria. Y tú, incauto lector, has caído prisionero en la red de ficción que te tendí yo, perverso demiurgo, desde la primera palabra de este microrrelato.

Las palabras fugadas

Al colocar el punto final en el relato, el escritor descubrió que el texto estaba vacío.

Agradecimientos

Estimado lector, si has llegado a esta página, mis primeras palabras van dirigidas a ti. Gracias por haberte adentrado en este pequeño mundo de ficciones y haber sobrevivido a él. Espero que hayas encontrado el relato que había escrito para ti.

Este segundo libro no hubiese visto la luz sin la inestimable ayuda de quienes confían en mi creatividad y la alientan. Gracias a José Alberto y a mis Cármenes (Carmen Dolores, Carmen Elena, Carmen María y Mari Carmen) por ser mis lectores beta y no tener pudor en corregirme cuando lo estiman necesario; a mis hermanos Luis y Lilia y a mi madre por sentirse orgullosos de mi trabajo y ser mis infatigables distribuidores; a mi sobrina Ariadna, que me cede gustosa su imagen y su sonrisa para ilustrar las portadas; y a todos aquellos amigos y conocidos que, a través de sus comentarios, críticas y consejos, me han insuflado ganas de repetir.

Si te ha gustado este libro, puedes leer la primera recopilación de relatos de Erminda Pérez Gil, *El pasado siempre vuelve*.

Puedes seguirme a través de las redes sociales:

Facebook: Erminda Pérez Gil
Twitter: @ermindapg
Blog: www.letrasimposibles.blogspot.com.es

Índice

9198019R00069

Printed in Germany
by Amazon Distribution
GmbH, Leipzig